AF493935

CATÉCHISME

DES INDUSTRIELS.

DEUXIÈME CAHIER.

D. *Passons à la troisième objection : à celle qui a pour objet de vous prouver que le système politique établi en Angleterre doit être adopté par la nation française préférablement à celui que vous proposez.*

Nous vous demanderons d'abord si vous reconnaissez, si vous avouez que l'expérience est le meilleur guide que puissent suivre les nations de même que les individus.

R. Oui, nous le reconnaissons sans aucun doute, sans aucune restriction.

D. *Dès le moment que vous admettez ce principe, il ne nous sera pas difficile de vous faire convenir que votre système ne vaut rien, puisqu'il se trouve en opposition avec le principe que vous venez d'adopter. Nous allons établir notre raisonnement à cet égard ; vous le refuterez ensuite si vous le pouvez.*

8° Z. 8090 (2)

Le peuple anglais est le plus riche et le plus puissant ; il est celui de tous qui exerce la plus grande influence sur l'espèce humaine, et cependant il est loin de se trouver en première ligne pour la dimension du territoire de la mère patrie et pour l'importance de sa population. C'est en Angleterre que la classe la plus nombreuse est le mieux logée, le mieux nourrie et le mieux vêtue ; c'est en Angleterre que les gens riches trouvent à se procurer le plus grand nombre d'objets confortables sur tous les points du territoire national : enfin, le peuple anglais jouit de presque tous les avantages qui sont l'objet de l'ambition des autres nations.

A quoi les anglais doivent-ils principalement les avantages dont ils jouissent ? Il est incontestable que c'est à la forme de leur gouvernement, c'est-à-dire, à la supériorité de leur organisation sociale sur tous les systèmes politiques qui ont été mis en pratique chez les autres peuples, jusqu'à ce jour.

Comparons maintenant la disposition politique qui sert de base à la constitution anglaise, avec le principe que vous avez donné pour fondement à votre système ; et vous reconnaîtrez qu'il existe une différence radicale entre les deux combinaisons.

Vous dites : l'administration de la fortune

publique doit être dirigée par les industriels les plus importants, parce que la classe industrielle est la plus capable de toutes en administration.

Les anglais disent : Ceux qui dirigent l'administration de la fortune publique, doivent se proposer pour but principal de favoriser le plus possible la classe industrielle, parce que les travaux industriels sont la véritable source de la prospérité publique; mais les industriels ne doivent point être chargés de l'administration de la fortune publique, parce qu'ils n'ont pas les connaissances suffisantes pour diriger cette administration, et que les soins que cette administration exige les détourneraient de leurs travaux.

Et, en effet, ce sont en Angleterre les pairs laïques, les évêques et les juges, dans la chambre haute, les avocats, les rentiers et les militaires, dans celle des Communes, qui ont voix prépondérante dans l'administration de la fortune publique, puisqu'ils composent exclusivement la première Chambre et qu'ils sont en très-grande majorité dans la Chambre des Communes et dans le Conseil privé.

Nous concluons de ce que nous venons de dire, que votre système est en opposition avec la Constitution anglaise; qu'il est, par con-

séquent, en opposition avec la Constitution que l'expérience a prouvé être la meilleure, et que, par conséquent, il ne vaut rien. Qu'avez-vous à répondre?

R. Notre réponse, de même que votre demande, sera fondée sur des observations, c'est-à-dire, sur l'expérience.

Nous vous dirons donc, la série des observations faites sur la marche et sur les progrès de la civilisation, chez la société française actuelle, depuis son origine jusqu'à ce jour, que nous vous avons présentée dans le premier cahier, a constaté que la classe industrielle avait toujours acquis de l'importance et que les autres classes en avaient toujours perdu. De cette série de quatorze cents années d'expériences, nous déduisons la conséquence que la classe industrielle doit finir par parvenir au premier rang, que les industriels doivent obtenir, en résultat final des progrès de la civilisation, le premier degré de considération et de pouvoir : enfin, qu'il a toujours dû arriver une époque à laquelle les industriels les plus importants se trouveraient chargés de diriger l'administration de la fortune publique, etc.

Nous raisonnons ensuite, d'après cette conséquence qui est rigoureusement déduite de l'expérience, et nous disons : la révolution française ayant commencé plus d'un siècle après la révolution anglaise, ses résultats doivent être beaucoup plus favorables à la classe industrielle, et, par conséquent, beaucoup plus défavorables aux nobles et aux bourgeois que ne l'a été la révolution anglaise; nous disons : la révolution anglaise a imposé aux nobles, aux légistes, aux militaires, aux rentiers et aux fonctionnaires publics, l'obligation de diriger les affaires de la nation dans l'intérêt de l'industrie ; la révolution française finira par anéantir l'institution de la noblesse et par soumettre les légistes, les militaires, les rentiers, et les fonctionaires publics aux ordres des industriels.

Nous avons raisonné tous les deux d'après l'expérience; ainsi, nous avons agi conformément au principe que vous aviez posé et que nous avions admis ; mais il y a, entre nos opinions, cette première différence, que la vôtre n'est fondée que sur une expérience partielle, sur l'expérience de ce qui s'est passé en Europe depuis la révolution d'Angleterre, tandis que nous avons donné pour base à la nôtre la plus grande série d'observations qui puisse être déduite de l'histoire des peuples modernes : il y a ensuite, entre nos opinions, cette seconde différence, c'est que vous avez considéré la révolution d'Angleterre, comme formant le dernier terme de la série des progrès de la civilisation sous le rapport politique ; tandis que nous n'envisageons cette révolution et l'organisation sociale dont elle a déterminé la formation, que comme l'avant dernier terme de la série des améliorations dont le régime social des peuples européens était susceptible.

En résultat des considérations que nous venons de vous présenter, nous maintenons notre système pour bon, et nous regardons votre raisonnement comme vicieux.

Vous reste-t-il quelque chose à dire à ce sujet ? concevez-vous quelqu'autre moyen de soutenir votre troisième objection ?

D. *Oui, certainement, nous avons les moyens de soutenir notre objection, oui, nous sommes assurés de sortir victorieux de cette discussion. Ne nous attachons point aux mots, ne donnons point la première importance aux formes, occupons-nous principalement de l'examen du fond des choses.*

Vous prétendez que les membres de la société les plus capables de bien diriger l'administration de la fortune publique, sont les industriels les plus importants. Vous prétendez que si les industriels les plus importants étaient chargés de diriger les intérêts sociaux, la société jouirait de tous les avantages aux-

quels elle peut prétendre, qu'elle se trouverait gouvernée au meilleur marché possible, le moins possible, par les hommes les plus capables de bien administrer ses affaires, et de la manière la plus propre à maintenir la tranquillité publique. Nous admettons votre proposition, votre principe, votre système, peu importe le nom qu'il vous plaira de donner à votre production; et nous vous disons : votre système est admis en Angleterre, les anglais l'ont mis en pratique; ainsi vous devez penser que la nation française ne peut rien faire de mieux que d'adopter la Constitution anglaise, que les Français doivent travailler à naturaliser chez eux cette Constution; peu de mots suffiront pour prouver la justesse de cette assertion, c'est-à-dire, pour constater que le système industriel est établi en Angleterre.

L'administration de la fortune publique est dirigée en Angleterre par les lords; car les lords dominent le pouvoir royal, et ils maîtrisent la Chambre des Communes : or, tous les lords sont intéressés pour des sommes plus ou moins considérables dans des entreprises de fabrication ou de commerce : donc, les lords sont des industriels, donc le système industriel est établi en Angleterre.

R. Le gouvernement anglais n'est point un gouvernement industriel ; c'est le gouvernement féodal modifié, autant qu'il pouvait l'être, dans la direction industrielle. Il s'est établi, en Angleterre, un régime transitoire qui a préparé les voies, qui a procuré les moyens à la nation française et au surplus de la société européenne, de passer du système féodal au système industriel, du système de gouvernement au sytème administratif.

Voilà la manière dont les choses doivent être considérées ; quand elles sont envisagées autrement, l'esprit n'est point satisfait, et le sens le plus commun se révolte. Depuis plusieurs années, la Constitution anglaise est regardée en France comme un chef-d'œuvre, on en parle comme du plus haut degré de perfection auquel l'esprit humain puisse atteindre en politique; cela prouve que la science politique est encore dans l'enfance; cela prouve que les publicistes sont encore soumis à la routine; cela prouvé que leur esprit ne s'est point encore élevé à des considérations générales sur la marche de la civilisation; et cela ne prouve pas autre chose. Dans la réalité, l'Angleterre ne possède point encore de constitution ; l'ordre de chose qui y est établi n'a point de solidité, de fixité, et n'est pas susceptible d'en acquérir. L'organisation sociale des anglais a mis, en même temps en activité, le principe féodal et le principe industriel; or, ces deux principes étant de nature différente et même opposée, ces deux principes dirigeant, en même temps, la nation vers deux buts qui sont très-éloignés l'un de l'autre, il en résulte nécessairement que le peuple anglais est constitué dans un état de tiraillement. L'état politique de l'Angleterre est un état de maladie, un état de crise, ou plutôt, le régime sous lequel elle vit, est un régime transitoire; sa Constitution, si vous voulez absolument que le peuple anglais en ait une, est une Constitution bâtarde.

D. *La maladie dont vous dites que le peuple anglais est attaqué, présente un cas pathologique entièrement neuf et dont il est nécessaire que vous nous donniez l'explication. Cette maladie est fort extraordinaire; d'abord sous le rapport de sa durée, car il y a déjà plus d'un siècle et demi qu'elle est commencée, et elle n'est pas encore terminée. Cette maladie est encore plus extraordinaire sous cet autre rapport, c'est que la prospérité sociale du peuple anglais a commencé en même temps que sa maladie politique, et que les avantages qu'il a obtenus sur les autres peuples ont toujours été en augmentant, à mesure que sa prétendue maladie a fait des progrès.*

Franchement parlant, messieurs les catéchiseurs, vous auriez grand besoin vous-mêmes d'être catéchisés. Vous voulez nous donner des leçons en politique, tandis que vous devriez vous occuper d'en prendre ; vous entreprenez de faire notre éducation, avant d'avoir pris la peine de faire la vôtre. Vous prétendez que l'Angleterre n'a point de constitution, que l'organisation sociale dans ce pays est bâtarde, que c'est un ordre de chose auquel les Anglais se sont trouvés conduits par la routine, et qui ne peut se maintenir que par l'effet des habitudes qu'ils ont successivement contractées ; un ordre de chose dont on ne peut pas se rendre un compte clair et satisfaisant ; un ordre de chose qui ne peut point s'établir chez une autre nation : un ordre de chose, enfin, qui ne peut pas devenir le type de réorganisation de la société européenne.

Nous vous répondrons à cela, vous n'avez donc là ni Montesquieu, ni Blackstone ; vous ne connaissez donc pas l'ouvrage de Delholme ; vous n'avez donc point étudié les beaux débats qui ont eu lieu, à plusieurs reprises différentes, dans le parlement d'Angleterre, sur la balance des pouvoirs.

Lisez l'Esprit des Lois, et vous verrez que

les hommes n'ont jamais inventé que trois formes de gouvernement, savoir : les gouvernemens despotique, aristocratique et démocratique ; vous reconnaîtrez, en y réfléchissant, que ces trois formes de gouvernement étaient les seules qui fussent inventable ; enfin vous trouverez, dans une grande quantité d'ouvrages des publicistes anglais et français, la preuve que ces trois formes de gouvernement ont été admirablement combinées dans la Constitution anglaise, et qu'il résulte de cette combinaison le meilleur gouvernement qui puisse exister.

Maintenant que nous avons écrasé, anéanti votre système, nous nous empressons de vous dire que vous n'avez eu qu'un tort, celui de vous être exagéré l'importance de vos idées. Tous les matériaux que vous avez employés à la construction de votre système sont bons ; il n'y a que l'emploi de ces matériaux, que la conception générale qui lie vos idées, que nous ayons eu l'intention de critiquer. Certainement toutes les capacités doivent travailler au développement de l'industrie ; certainement les gouvernemens doivent protéger l'industrie, parce qu'elle est la source de toutes les richesses ; certainement les théologiens doivent encourager l'industrie, parce que les travaux utiles sont la source de toutes les vertus, de même que l'oisiveté est la mère de tous les vices; certainement les législateurs doivent faire les lois les plus favorables à la production, parce que les nations les plus laborieuses sont celles chez lesquelles la tranquillité publique est la plus facile à maintenir; mais vous n'auriez pas dû conclure de là que la capacité industrielle devait diriger toutes les autres capacités. En un mot, les Anglais ont trouvé, ils ont fixé le véritable point auquel il faut s'arrêter; vous avez perdu de vue dans vos travaux un proverbe bien ancien, et qui s'applique parfaitement à la circonstance présente : LE MIEUX EST SOUVENT L'ENNEMI DU BIEN.

R. Ne chantez pas la victoire avant de l'avoir remportée, nous ne sommes pas encore arrivés à la fin de la discussion, c'est de ce moment seulement qu'elle se trouve sérieusement engagée. Nous vous remercions infiniment de l'indulgence que vous avez eu la bonté de nous témoigner, à la fin de la vive sortie que vous venez de faire contre notre système; mais nous n'éprouvons aucunement le besoin d'en profiter, nous nous sentons en état de repousser tous les traits que vous avez lancés contre nous.

Nous répondrons d'abord aux plaisanteries

que vous nous avez faites sur la maladie politique dont nous avions dit que la nation anglaise est attaquée; car nous ne pouvons considérer que comme des plaisanteries les considérations que vous nous avez présentées à ce sujet. Quant à nous qui n'avons point l'intention de traiter sur un ton badin la question la plus neuve et la plus importante qui puisse occuper dans ce moment l'esprit humain, nous vous dirons :

L'idée de maladie n'a joué qu'un rôle fort accessoire et très-secondaire dans le tableau que nous vous avons présenté de la situation politique du peuple anglais; l'idée principale, celle qui aurait dû fixer essentiellement votre attention, est celle de l'état de crise dans lequel la civilisation se trouve en Angleterre, depuis la révolution que ce pays a éprouvée à la fin du dix-septième sciècle; nous allons vous développer cette idée, puisque la simple énonciation n'a pas suffi pour vous la faire comprendre :

L'espèce humaine a été destinée, par son organisation, à vivre en société;

Elle a été appelée à vivre d'abord sous le régime *gouvernemental*;

Elle a été destinée à passer du régime gouvernemental ou militaire, au régime *administratif* ou *industriel*, après avoir fait suffisamment de progrès dans les sciences positives et dans l'industrie :

Enfin elle a été soumise, par son organisation, à essuyer une crise longue et violente lors de son passage du système militaire au système pacifique.

Voilà les considérations les plus générales auxquelles l'esprit humain puisse s'élever relativement à la marche de la civilisation.

Nous allons maintenant faire application de cette observation générale sur la marche de la civilisation aux circonstances dans lesquelles se trouvent les anglais. Mais, pour que cette application soit précise et facile à saisir, il est nécessaire que nous commencions par constater l'état social actuel de la nation anglaise, sous le rapport de sa politique intérieure et sous celui de sa politique extérieure.

Quand on examine la politique intérieure de l'Angleterre, d'un point de vue assez élevé pour embrasser d'un seul coup-d'œil l'ensemble des choses, on est frappé, dès le premier abord, de l'existence du phénomène le plus extraordinaire qu'on puisse concevoir dans ce genre : on reconnaît que les Anglais ont admis en concurrence deux principes fondamentaux pour servir de base à leur organisation sociale; on reconnaît que ces deux principes étant de nature différente et même opposée, il a dû en résulter, et qu'il en est résulté effectivement, que les Anglais se sont en même temps soumis à deux organisations sociales bien distinctes, qu'ils ont, dans toutes les directions, doubles institutions, ou plutôt qu'ils ont établi dans toutes les directions les contre-institutions de toutes les institutions qui étaient en vigueur chez eux avant leur révolution, et qu'ils ont conservé en très-grande partie.

Ainsi on remarque chez eux *la presse des matelots* co-exister avec la loi d'*habeas corpus*; on voit un berger amener en même temps sur le marché, la corde au col, sa femme et une brebis. Il vend sa femme un schelling, sans être aucunement puni pour l'avoir avilie, en la traitant comme une brute, et il se voit condamné à cinq livres sterling d'amende s'il s'est conduit brutalement à l'égard de sa brebis. La ville riche, populeuse et essentiellement industrielle de Manchester n'a point de représentant dans le parlement, tandis que tel lord, propriétaire du terrein sur lequel se trouvaient situés des bourgs qui ont été entièrement abandonnés, nomme à lui seul jusqu'à neuf députés qu'il emploie à soutenir ses intérêts féodaux, à accroître le plus possible son importance politique, et à se faire payer chèrement par le ministère aux dépens de la nation.

Cent volumes *in-folio*, du caractère le plus fin, ne suffiraient pas pour rendre compte de toutes les inconséquences organiques qui existent en Angleterre.

Si, de l'examen de la politique intérieure de l'Angleterre, on passe à celui de sa politique extérieure, on trouve les conséquences des vices d'organisation que nous venons de signaler; on voit d'une part le gouvernement anglais déclarer que la souveraineté des mers lui appartient, et, en conséquence, soumettre tous les pavillons à sa visite, tandis que, par une autre mesure, il travaille, en même temps, à établir l'égalité entre les noirs et les blancs, en faisant cesser la traite des nègres.

On voit le gouvernement anglais soutenir en Europe le régime gouvernemental, tandis qu'il protège en Amérique le système d'organisation industrielle contre le système gouvernemental.

En un mot, la nation anglaise se trouve, depuis long-temps, dans un état de crise sous le rapport de sa politique intérieure, ainsi que sous celui de sa politique extérieure; et cette crise, à laquelle participent aujourd'hui tous les peuples qui habitent le continent européen, ainsi que le continent américain, est évidemment la crise que l'espèce humaine a été destinée, par son organisation, à essuyer lors de son passage du régime gouvernemental au système social industriel.

Voilà les considérations les plus générales que nous puissions vous présenter à l'appui de l'opinion que vous combattez depuis le commencement de ce second entretien; maintenant nous vous sommons de convenir que nous avons raison, ou de reconnaître que vous êtes aveugles. Nous vous sommons, au nom du sens commun, de reconnaître l'exactitude des faits que nous vous avons présentés plus haut; nous allons les reproduire pour rendre notre réfutation plus claire.

1°. L'Angleterre n'a point de constitution, puisqu'une constitution est une combinaison d'organisation sociale, au moyen de laquelle toutes les institutions politiques d'une nation dérivent d'un même principe, et dirigent les forces nationales vers un même but, tandis que les institutions sociales anglaises sont de deux natures différentes, et qu'elles dirigent les forces nationales de ce peuple vers deux buts opposés.

2°. L'organisation sociale anglaise, étant radicalement vicieuse, ne doit point être présentée à la nation française, comme un modèle qu'elle doit s'efforcer d'imiter le plus complètement possible; et un état de choses révolutionaire continuera nécessairement à durer en France, tant que les gouvernants et les gouvernés n'auront pas acquis des idées plus nettes sur les moyens qui doivent-être employés pour établir un ordre social fixe et stable.

3°. Enfin, la crise dans laquelle l'Angleterre et la France à sa suite se trouvent engagées, finira inévitablement par l'entier abandon du système féodal et par l'établissement exclusif du système industriel. Les nations qui passent aujourd'hui pour les plus civilisées, ne seront réellement sorties complètement de la barbarie, qu'à l'époque où la classe la plus laborieuse et la plus pacifique, sera chargée de la direction de la force publique, et où la classe militaire sera complètement subalternisée.

D. *Ne vous donnez pas tant de peine pour réfuter nos objections ; ce n'est pas là le point important de votre affaire ; il vous faut combattre le père de la science. Vous avez à prouver que l'opinion de Montesquieu est erronée : c'est le seul moyen que vous puissiez employer pour faire adopter votre système.*

R. Les sciences font de continuels progrès. Aujourd'hui il n'y a pas un élève de l'école polytechnique qui ne résolve, avec la plus grande facilité, les problèmes de géométrie dont la solution a coûté les plus grands efforts de génie à Archimède ; il n'y a pas un de ces élèves, qui ne sache plus de choses en géométrie, que ce génie prodigieux n'en a jamais su.

Il y a plus d'un demi siècle, que l'*Esprit des Lois* a été publié. Depuis cette époque, il est arrivé l'événement politique le plus mémorable qui ait jamais eu lieu : celui de la révolution française ; ainsi nous pouvons raisonner sur des faits qui ont été entièrement inconnus à Montesquieu.

Montesquieu a été grand admirateur du régime social établi en Angleterre, et il a eu très-grande raison; car cet état de choses est incontestablement très-supérieur à tout ce qui avait existé auparavant; mais il ne faut pas en conclure que, si Montesquieu vivait aujourd'hui, il ne concevrait pas le moyen d'améliorer considérablement cet état de choses.

Les Anglais ont admis, ils ont inventé, comme nous l'avons déjà répété plusieurs fois, des institutions politiques ayant le caractère industriel, et il les ont mises en regard, en opposition avec les anciennes institutions féodales qui existaient chez eux ; il en est résulté que le gouvernement féodal s'est trouvé chez eux beaucoup plus limité que chez les autres nations européennes.

La révolution française ne s'est effectuée que près d'un siècle après la révolution anglaise; elle doit nécessairement donner, pour résultat, un perfectionnement de la Constitution anglaise; or, quand on réfléchit sur le perfectionnement dont la Constitution anglaise est susceptible, on reconnaît, du premier coup-d'œil, que la force industrielle qui s'est introduite dans l'organisation sociale anglaise, comme force limitant la force féodale, doit devenir en France la force dirigeante.

D. *Vous nous avez dit que la nation anglaise se trouvait dans un état de crise et de maladie depuis la révolution qu'elle avait éprouvée à la fin du dix-septième siècle; nous vous avons fait observé que la maladie dont vous prétendiez que le peuple anglais était attaqué, avait un caractère fort extraordinaire, d'abord par sa durée, puisqu'elle avait déjà plus d'un siècle et demi d'existence; nous vous avons dit qu'elle était encore bien plus extraordinaire sous cet autre rapport, que la prospérité du peuple anglais avait commencé en même temps que sa maladie, et que sa prospérité n'avait pas cessé de faire des progrès depuis qu'il était tombé malade.*

Là-dessus vous vous êtes échauffés, vous avez prétendu que l'idée de maladie n'était qu'accessoire, que l'idée principale était celle de crise; vous vous êtes attaché à nous prouver que la nation anglaise était dans un état de crise, et que cette crise était celle qui devait faire passer cette nation, ainsi que l'espèce humaine, de l'état d'enfance à celui de nation et d'espèce jouissant de toutes ses facultés; mais vous ne nous avez pas dit un seul mot de la maladie que vous prétendez qu'elle éprouve.

Nous vous prions de répondre catégoriquement à cette demande : Dans votre opinion, l'état de crise entraîne-t-il celui de maladie, ou l'état de maladie est-il distinct de celui de crise? En un mot, qu'elle est la maladie dont le peuple anglais est attaqué?

R. Les nations et les espèces, de même que les individus, éprouvent une crise lorsqu'elles passent de l'état d'enfance à celui d'être complet et jouissant de toutes ses facultés; cette crise est plus ou moins longue, plus ou moins violente, plus ou moins pénible suivant les circonstances particulières où se trouvent les espèces, les nations ou les individus qui l'éprouvent. Certains individus passent cette crise sans tomber malade, d'autres sont attaqués des pâles couleurs.

En faisant application de ces généralités à la question qui nous occupe, nous vous disons, pour répondre catégoriquement à votre question que nous n'avions aucunement l'intention d'éluder :

« L'espèce humaine est entrée dans sa crise de » puberté ; c'est la nation anglaise chez laquelle » cette crise a commencé à se manifester clairement ; et cette nation, à l'occasion de cette » crise, se trouve attaquée de la maladie natio- » nale correspondante à celle à laquelle on a » donné le nom de pâles couleurs, dans les in- » dividus. »

D. *Expliquez-nous en quoi consiste cette maladie nationale ?*

R. Son premier symptôme est la corruption dans les membres du gouvernement, avouée, déclarée, proclamée par eux, et approuvée par les gouvernés.

Un second symptôme, plus général que le premier, est celui qui se manifeste quand une nation se fait gloire d'être dominée par la passion de l'argent, et qu'elle commet, par cette raison, l'erreur capitale de prendre le moyen pour le but.

D. *Prouvez-nous que ces deux symptômes se sont manifestés chez la nation anglaise.*

R. Un des ministres les plus célèbres que l'Angleterre ait produits, a proclamé, discuté et constaté, en plein parlement, le fait que la corruption était un des élémens les plus importants qui fût entré dans la combinaison de l'organisation sociale britannique.

Voici l'anecdote qui est réellement très-piquante. C'était dans un moment où il n'existait point de parti d'opposition dans la Chambre. Le ministre prit la parole et il dit : « Si vous ne vous hâtez pas de former un parti d'opposition, les coffres du Roi s'empliront, et notre Constitution se trouvera en péril, nos libertés seront compromises. »

Si nous donnons un premier développement à cette pensée, nous trouverons ce qui suit :

Tout bon anglais, tout vrai breton, doit se faire une conscience parlementaire absolument distincte et même diamétralement opposée à sa conscience ordinaire ; celui qui est appelé à la Chambre des Communes, doit s'opposer aux projets présentés par les ministres, même dans le cas où il est convaincu que ces projets sont bons et utiles à la nation, et il doit persister dans son opposition, jusqu'à ce point qu'il ait forcé le ministère à le payer chèrement pour le déterminer à changer de langage. Et quand une fois il a vendu sa voix et son opinion au ministre, il doit soutenir tous les projets qu'il présente, même quand il les juge mauvais, c'est-à-dire, contraires aux intérêts de la nation. Il y a cependant des bornes au dévouement que les membres du parlement doivent au ministère, en compensation des faveurs qu'ils ont obtenues; ils ne doivent jamais consentir à laisser passer aucun bill qui tendrait à soustraire le ministère à l'obligation où il se trouve de corrompre les membres du parlement, pour obtenir la majorité dans les Chambres.

Les lords, de même que les membres de la Chambre des Communes, doivent se faire une conscience parlementaire, qui les porte à vendre leur opinion au Roi; mais il est conforme à la dignité de la pairie qu'un lord se fasse payer ordinairement en pouvoir plus qu'en argent.

Une chose très-essentielle à remarquer, c'est que la pensée ministérielle que nous venons de développer, n'a point déplu aux membres du parlement, qu'elle n'a point choqué la nation, et qu'elle a mérité au contraire au ministre qui l'a produite, la réputation d'un politique très-profond, réputation dont il jouit encore dans ce moment en Angleterre.

Si, des considérations sur la conduite des membres composant la Chambre haute et la Chambre basse, nous descendons à l'examen de la conduite tenue par les électeurs dans leurs fonctions électorales, nous ne trouverons pas moins de corruption dans les élections, que dans les Chambres. Il n'est pas rare qu'il en coûte à un candidat ou à ses amis, pour obtenir son élection, cent, deux cent, trois, quatre ou même cinq cent mille francs; quelquefois les élections de M. Fox ont coûté beaucoup plus cher.

Si enfin nous examinons la morale privée qui est admise couramment par la nation anglaise, nous en trouverons le caractère fortement prononcé par une expression qui est généralement reçue en Angleterre. Quand un Anglais dit qu'un homme vaut tant; cela signifie qu'il possède la somme désignée, et cela ne signifie pas autre chose. Dans le jugement général que les Anglais portent sur les hommes, ils ne font entrer en considération que la fortune qu'ils possèdent; ils font entièrement abstraction de toutes les autres facultés ou capacités.

Nous croyons avoir suffisamment établi le fait que la nation anglaise est attaquée de la maladie nationale qui correspond à celle des pâles couleurs dans les individus; et nous passons à l'examen d'un autre fait, qui n'est pas moins important, le voici:

La nation anglaise, n'a point conscience de sa maladie, elle se croit au contraire dans le meilleur état de santé politique possible; elle pousse à cet égard l'erreur jusqu'à ce point, qu'elle considère les symptômes de sa maladie comme des preuves de santé. Ainsi nous voyons les Anglais se targuer des vices de leur organisation sociale, et les présenter avec confiance comme des chefs-d'œuvre en combinaisons politiques. La manière dont le parti ministériel et le parti de l'opposition tripotent entre eux les intérêts nationaux, de manière à prélever sur les gouvernés un double droit de commission, excite leur admiration ; tandis que cela devrait être pour eux un objet de pitié et de mépris.

L'Angleterre, admirant son organisation sociale, se trouve dans le cas absolument semblable à celui où serait une jeune personne rongée de pâles couleurs, qui serait enchantée de son teint jaune, et qui prétendrait que le jaune est la couleur de peau qui sied le mieux à une femme ; que c'est celle qui constitue la beauté, qu'elle est la preuve la plus complète d'une bonne santé.

D. Comparaison n'est pas raison; mettez de côté votre idée des pâles couleurs nationales, et raisonnons directement sur les faits importants que nous examinons.

Nous vous accordons pour le moment, et sauf à revenir plus tard sur la question, en vous la présentant sous une autre face :

1°. *Que les Anglais n'ont point de consti-*

tution, et que leur organisation sociale actuelle n'a d'autre mérite que celui d'avoir régularisé la crise politique dans laquelle ils se trouvent engagés ;

2°. *Que l'organisation sociale anglaise est un état de choses au moyen duquel les frottemens entre les rouages qui composent le mécanisme politique, ont été multipliés autant que possible; d'où il résulte que les inconvéniens inhérents aux institutions féodales qui sont restées force directrice, sont considérablement diminués ;*

3°. *Que l'admiration des Anglais pour leur organisation sociale, qu'ils regardent comme un chef-d'œuvre, est de leur part une erreur ridicule.*

Après vous avoir accordé tout cela, nous vous prions de nous dire ce que les erreurs politiques du peuple anglais peuvent faire à la nation française.

R. Les erreurs politiques du peuple anglais seraient sans inconvénient pour la nation française, si la nation française prenait la peine d'examiner ses affaires avec ses propres yeux, et de les juger avec la capacité politique qui lui est personnelle; si elle étudiait convenablement ses précédens, en cherchant à découvrir les moyens qu'elle possède, pour arriver au but auquel elle désire atteindre, en continuant la route qu'elle a suivie jusqu'à ce jour : si elle s'était fait, en un mot, une opinion politique qui fût véritablement à elle, et si elle n'avait pas au contraire pris les Anglais pour guides dans la recherche des moyens qu'elle doit employer, pour établir chez elle une organisation sociale, proportionnée à l'état de ses lumières et de sa civilisation.

Commençons par arrêter nos idées sur la marche que les Français devraient suivre en politique ; il nous sera facile ensuite d'apprécier à sa juste valeur celle qu'ils ont adoptée.

Guizot a établi, d'une manière claire, précise et irréfutable, les faits suivants, dans ses essais sur l'histoire de France et d'Angleterre.

Il a prouvé :

1°. Que les institutions primitives des nations française et anglaise avaient été différentes;

2°. Que ces institutions ne s'étaient point modifiées de la même manière dans les deux pays, et que les progrès de la civilisation avaient eu chez les deux peuples des caractères bien distincts;

3°. Que la royauté avait toujours acquis de la force en France, tandis qu'en Angleterre c'était la pairie qui était devenue l'institution la plus importante.

Guizot a conclu de ces trois grands faits que les Français ne devaient pas user des mêmes moyens et procéder de la même manière au perfectionnement de leur organisation sociale.

En développant la conclusion de cet excellent publiciste, nous disons : c'est l'institution de la royauté qui doit être perfectionnée en France; c'est l'institution de la pairie qui doit être reconstituée en Angleterre. En France, la royauté doit se revêtir du caractère industriel et abandonner complètement le caractère féodal; tandis qu'en Angleterre c'est la pairie, avant toute autre institution, qui doit se dépouiller entièrement du caractère féodal, pour prendre l'allure industrielle.

En considérant de ce point de vue, qui est le seul bon, la marche que les Français suivent depuis la restauration, époque qui a terminé leurs extravagances révolutionnaires, nous trouverons qu'elle a été et qu'elle est fausse, mauvaise; en un mot, complètement erronnée, et cela de la part des gouvernans de même que de celle des gouvernés; puisque les uns et les autres se sont mis à s'extasier d'admiration pour l'organisation sociale anglaise; puisque les uns et les autres laissent dominer leur intelligence par les principes de politique adoptés en Angleterre.

D. *Ce que vous venez de nous dire, exige plusieurs éclaircissemens.*

Nous vous prions d'abord de nous prouver que la nation française se laisse dominer, comme vous le prétendez, par les idées anglaises relativement à sa politique.

R. Cette preuve nous sera très-facile à vous fournir; car le fait suivant est généralement connu, et il se renouvelle tous les jours : c'est que les partis politiques en France luttent entre eux à coup de Constitution anglaise; c'est que le côté gauche, le côté droit, le centre droit, ainsi que le centre gauche, appuient leurs opinions d'exemples pris dans ce qui s'est passé en Angleterre; c'est que le grand argument du ministère, pour soutenir la proposition qu'il compte faire de la septennalité, est que cette mesure a été adoptée par les Anglais.

Une réflexion qui se présente naturellement à cette occasion, c'est que l'engouement des Français pour l'organisation sociale anglaise, doit être bien grand, puisqu'ils ne s'aperçoivent pas que la facilité trouvée par tous les partis de citer des exemples en faveur de leur opinion dans la conduite politique, tenue par les Anglais depuis leur révolution, est la preuve la plus complète qui puisse exister, que l'organisation sociale anglaise est une agglomération de principes et de mesures incohérents ; qu'ainsi il y a quelque chose d'humiliant pour la nation française à la considérer comme un modèle à suivre :

D. *Revenons à la question précédente : elle est importante, elle est neuve, elle est très-satisfaisante pour l'amour-propre national ; ainsi elle mérite, sous tous les rapports, d'être approfondie, d'être examinée avec le plus grand soin. Il faut présenter les idées neuves bien des fois, et sous bien des formes différentes, pour les faire adopter. Ayez la complaisance de nous reproduire votre opinion, en changeant seulement la manière d'exposer vos idées.*

R. Nous allons vous satisfaire :

» Tous les peuples de la terre tendent vers un » même but; le but vers lequel ils tendent est celui » de passer du régime gouvernemental, féodal, » militaire, au régime administratif, industriel, » pacifique ; c'est-à-dire : chacun d'eux s'efforce » de se débarrasser des institutions dont l'utilité » n'est qu'indirecte, pour établir celles qui ser» viraient le plus directement le bien public, et » qui donneraient toujours gain de cause aux » intérêts de la majorité, contre les intérêts par» ticuliers.

» Chaque peuple a adopté une allure qui lui » est personnelle, chacun d'eux s'est ouvert

BIBLIOTHÈQUE NATIONALE R.F. IMPRIMÉS

» une route particulière pour atteindre à ce but.

» Les peuples européens se sont plus rapprochés de ce but que les autres peuples de la » terre; ce sont les nations française et anglaise » qui en sont aujourd'hui les moins éloi- » gnées (1).

» Pour se rapprocher de ce but, les Français » ont perfectionné le système monarchique, » tandis que les Anglais ont créé le système par- » lementaire; le peuple français est essentielle- » ment royaliste, tandis que le peuple anglais, » qui est essentiellement parlementaire, est tou- » jours en défiance à l'égard de la royauté.

» Cette différence provient de ce que les rois » de France se sont ligués avec les industriels » contre la noblesse, tandis qu'en Angleterre, » ce sont les nobles qui se sont ligués avec les » industriels contre la royauté ».

D. *Donnez-nous, en peu de mots, une idée bien nette de la manière dont s'effectuera le*

---

(1) Beaucoup de personnes s'imaginent que les Américains sont plus avancés en politique que les Européens : elles se trompent. Il n'est pas difficile de maintenir l'ordre entre un petit nombre d'hommes essentiellement cultivateurs, et répandus sur un vaste territoire. La grande difficulté consiste à faire vivre dans l'aisance un grand nombre d'hommes sur un petit terrain. Nous traiterons plus tard directement cette question.

grand changement politique qui doit faire passer l'espèce humaine du système gouvernemental au régime industriel.

Dites-nous quelle est la première, quelle est la seconde nation, chez lesquelles ce changement commencera à s'effectuer.

R. La première nation chez laquelle ce changement commencera à s'effectuer, sera celle où il s'opérera, d'une manière pacifique, un mouvement, dont le résultat sera que l'institution la plus importante, que l'institution qui exerce la plus grande influence sur l'administration de la fortune publique, prendra le caractère industriel et se dépouillera du caractère gouvernemental.

D. *Quelle est de toutes les nations européennes, de toutes les nations du globe, celle chez laquelle ce changement peut s'opérer avec le plus de facilité?*

R. C'est la nation française.

D. *Qu'est-ce qui donne à la nation française cet avantage-là sur les autres?*

R. C'est que la noblesse, qui est la seule institution intercalée entre le Roi de France et les industriels, ne possède plus de force réelle, puisqu'elle n'est plus prépondérante par ses propriétés, et que l'opinion populaire ne lui est plus favorable; de manière qu'il n'existe point, en France, d'obstacle important à l'union de la royauté avec la classe industrielle, et que cette union s'effectuera nécessairement, parce que c'est l'intérêt du Roi, de même que celui des industriels, de s'unir intimement.

D. *Mais résultera-t-il de l'union du Roi de France avec les industriels, que la royauté française aura pris le caractère industriel, et qu'elle se sera dépouillé du caractère gouvernemental?*

R. Très-certainement; car c'est une conséquence directe de l'union du Roi de France avec les industriels, que Sa Majesté compose son conseil suprême, principalement d'industriels; que le budget soit conçu principalement par les industriels, etc.

D. *Après la nation française, quelle est celle qui passera la première du régime gouvernemental au régime industriel?*

Ce sera la nation anglaise.

D. *Dites-nous pourquoi ce ne sera qu'après la nation française, que la nation anglaise déterminera chez elle le changement politique nécessaire pour passer du régime gouvernemental au régime industriel; et ne perdez pas de vue que vous ne sauriez motiver trop fortement votre réponse, puisque votre manière de voir à cet égard se trouve en opposition directe avec l'opinion publique de*

France, d'Angleterre et du monde entier, qui regarde la nation française comme étant, sous le rapport politique, très en arrière de l'Angleterre.

R. Les lords sont parvenus à dominer la royauté, ils n'ont laissé au Roi que le décorum de la royauté; mais c'est dans la réalité eux qui exploitent le pouvoir royal à leur profit, c'est-à-dire, au profit de la féodalité. Ainsi l'institution politique prépondérante en Angleterre, celle qui exerce la plus grande influence sur l'administration de la fortune publique, celle qui donne l'impulsion à tout le mécanisme politique, c'est la pairie. Or, il est bien plus difficile de changer le caractère féodal des lords en caractère industriel, que d'opérer ce changement pour la royauté. D'où il résulte que le gouvernement français doit prendre le caractère industriel avant le gouvernement anglais.

Le Roi de France devenant industriel, c'est-à-dire, chargeant les industriels les plus importants de faire le budget, ne perdra personnellement rien, aucune de ses jouissances individuelles ne sera diminuée; ce sera uniquement sur ses courtisans et sur les fonctionnaires publics, incapables ou inutiles, que portera la réforme. En Angleterre, au contraire, la pairie étant l'institution la plus importante, puisque les pairs exploitent le pouvoir royal, la réforme porterait précisément sur ceux entre les mains desquels se trouve le pouvoir, et qui ont un très-grand intérêt à s'opposer à ce changement.

Les lords prélèvent, en leur qualité de lords, et toute capacité à part, une somme énorme en *sinécures*, en appointemens, en pensions, gratifications, etc., sur la nation, c'est-à-dire, sur la classe productrice ou industrielle. Si on ajoute au prélèvement pécuniaire, fait par les lords sur la classe industrielle, le prélèvement qu'ils font sur elle en pouvoir, en considération, en importance sociale, on reconnaîtra que les industriels anglais éprouvent encore, d'une manière très-positive et très-importante, les inconvéniens du régime gouvernemental ou féodal.

De ce que nous venons de dire, nous concluons que le régime industriel doit s'établir en France avant qu'il soit adopté en Angleterre, parce que les industriels français sont plus fortement stimulés à son établissement, et que les membres de la féodalité ont moins de moyen de résistance en France qu'en Angleterre; notre opinion à cet égard deviendra plus claire, lorsque nous comparerons les moyens à employer en France et en Angleterre pour y établir le régime industriel.

D. *Quand le changement qui doit faire passer la nation française du régime gouvernemental au régime industriel, commencera-t-il à s'effectuer?*

R. Il n'est pas possible d'en assigner l'époque d'une manière précise; mais il est évident qu'elle ne peut pas être éloignée maintenant; que le moyen d'établir en France un état politique, calme et stable, est trouvé; car les honnêtes gens, (qui, quoiqu'on en puisse dire, forment l'immense majorité parmi les gouvernés et même parmi les gouvernans), sont las de la révolution; ils désirent ardemment sortir des écueils au milieu desquels le vaisseau de l'état navigue depuis plus de trente ans, et ils sont disposés à faire les plus grands sacrifices pour établir un état de choses calme, stable; un état de choses qui fasse la désolation des intrigans et qui les force à devenir des hommes laborieux et pacifiques.

D. *Remarquez donc que même en admettant que le moyen proposé par vous pour établir un ordre de choses calme et stable, soit bon, qu'il soit le meilleur pour atteindre à ce but, qu'il soit, en un mot, d'un succès infaillible, il reste toujours certain qu'il faudra beaucoup de temps pour le faire connaître, beaucoup de temps pour qu'il puisse être apprécié, jugé, et que les intéressés soient parvenus à un point de conviction suffisant pour se déterminer à le mettre à exécution.*

R. Ce moyen est si facile à exposer, qu'il n'y a pas un ouvrier qui ne soit en état de l'expliquer à ses camarades, et le pur et simple bon sens suffit pour le juger complètement; ainsi nous persistons dans l'opinion émise ci-dessus : que l'époque à laquelle commencera le changement qui doit faire passer la nation française du régime gouvernemental au régime industriel, ne peut pas être éloignée.

D. *Dites-nous maintenant comment ce changement commencera à s'effectuer; dites-nous qu'est-ce qui le provoquera, qu'est-ce qui le revêtira d'une forme légale?*

R. Ce sera la classe industrielle qui le provoquera, ce sera le Roi qui le revêtira d'une forme légale; disons plus, ce sera le Roi qui l'effectuera par une simple ordonnance.

D. *Quel langage les industriels tiendront-ils au Roi? sous quelle forme les industriels présenteront-ils leurs idées à S. M.?*

R. Les industriels doivent mettre aux pieds du trône un placet dans lequel ils s'expriment à peu près de la manière suivante :

« SIRE,

» Depuis Hugues Capet jusques et compris le
» règne de Louis XIV, il a existé une coalition
» très-active contre la noblesse, entre les Rois
» vos ancêtres et les industriels nos devanciers.
» Les efforts ont été bien combinés, les forces
» ont été de part et d'autre bien employées, et,
» en résultat, le but s'est trouvé complètement
» atteint à la fin du règne de Louis XIV. De-
» puis cette époque la noblesse n'a plus eu dans
» l'état d'existence qui lui soit personnelle;
» l'importance que les nobles ont conservée
» depuis cette époque, a été uniquement fondée
» sur les fautes politiques commises d'une part
» par la royauté, qui leur a confié les emplois
» publics les plus importants et les plus lucra-
» tifs, et de l'autre par les industriels qui leur
» ont donné d'immenses richesses, en leur sa-
» crifiant, par une vanité mal entendue, leurs
» filles et le produit de leurs travaux.

» SIRE,

» Depuis la fin du règne de Louis XIV jus-
» qu'à ce jour, de grandes fautes politiques ont
» été commises d'une part par la royauté, d'une
» autre par l'industrie. Les premières erreurs,
» pendant ce laps de temps, ont été celles des
» Rois; ce sont ensuite celles des industriels

» qui ont eu le plus d'inconvéniens. Depuis la » fin du règne de Louis XIV jusqu'à la mort » de Louis XV, c'est la royauté qui a eu » les plus grands torts; depuis l'avènement au » trône du vertueux Louis XVI, ce sont les » industriels qui ont le plus de reproches à se » faire.

» Après la mort de Louis XIV, qu'est-ce que » la royauté aurait dû faire?

» La royauté aurait dû organiser le régime in- » dustriel. Le Roi aurait dû prendre le titre de » premier industriel de son royaume; il aurait » dû confier aux industriels les plus importants » la haute direction de la fortune publique, en » les réunissant tous les ans pendant quelques » jours pour faire le budget.

» Après la mort de Louis XIV, qu'est-ce que » la royauté a fait, jusqu'à l'avènement au trône » du malheureux Louis XVI?

» Le régent d'abord et Louis XV ensuite ont » considéré la royauté comme une sinécure; » ils ont cru qu'ils n'avaient pas autre chose à » faire dans ce monde que de jouir de la vie; » ils se sont composés des harems, comme s'ils » avaient été schas de Perse ou empereurs des » Mogols; et, par l'effet d'un vertige inconcevable » et d'un aveuglement complet sur les véritables » intérêts de la royauté, ils ont fait force dé-

» penses dans aucun but d'utilité et ils se sont » amusés tant qu'ils ont pu, avec les nobles » vaincus, aux dépens des industriels vainqueurs.

« SIRE,

» C'est surtout aux rois que la connaissance » de la vérité est utile. Nous espérons que V. M. » daignera excuser la franchise avec laquelle » nous venons de nous exprimer sur la conduite » de la royauté, depuis la mort de Louis XIV, » jusqu'à l'avénement au trône du vertueux » Louis XVI : elle va voir au surplus que nous » ne sommes pas moins sévères pour nos de- » vanciers et pour nous, que pour les augustes » chefs de la nation.

» Ici va commencer le chapitre de nos aveux; » c'est du présent que nous allons parler. Tous » les événemens que nous allons récapituler, se » sont passés sous les yeux de Votre Majesté, et » l'ont profondément affligée.

» Votre auguste frère monte sur le trône; il » s'empresse de proclamer que son intention est » de réparer les fautes commises par la royauté » sous Louis XV et sous le Régent, et qu'il dé- » sire gouverner la nation dans l'intérêt de la » majorité de ses sujets. Ce bon prince se montre » sévère dans ses mœurs, économe pour toutes » ses dépenses personnelles; il appelle à haute

» voix les conseils et l'appui des honnêtes gens, » pour seconder ses bonnes intentions.

» La classe industrielle tout entière aurait » dû répondre avec empressement à ce généreux » appel; mais, au lieu de remplir ce devoir et » d'agir dans cette occasion importante conformément à ses intérêts, en appuyant de toutes » ses forces les projets philantropiques du Roi, » elle reste froidement spectatrice de la lutte » qui s'engage entre ce généreux Monarque » d'une part, les courtisans et les privilégiés de » l'autre : le Roi combattant pour la nation et la » Cour défendant les abus.

» Louis XVI soutient bravement cette lutte » pendant douze ans; il appelle au ministère le » philantrope Turgot, le banquier Necker, il » sollicite et obtient l'amitié et toute l'affection » du respectable Malesherbes, qui l'aide de ses » conseils; et enfin n'étant point soutenu par » la classe industrielle, c'est-à-dire, par la nation, il se trouve forcé de déclarer qu'il existe » un déficit de cinquante six millions qu'il ne » trouve point le moyen de combler. Il assemble » les notables, puis il forme une cour plénière, » et, après ces deux tentatives inutiles, il convoque les États-Généraux.

» La classe industrielle aurait dû se présenter dans cette importante circonstance;

» elle aurait dû commencer par combler le dé-
» ficit, elle aurait dû ensuite dire au Roi : pour
» qu'il ne se forme plus de nouveau déficit, il
» n'existe qu'un seul moyen; c'est celui de chan-
» ger la classification de vos sujets. Ceux qui
» versent le plus d'argent au trésor royal et qui
» en retirent le moins, doivent être appelés au
» premier rang ; c'est à eux que Votre Majesté
» doit confier la haute direction de l'adminis-
» tration de la fortune publique.

» SIRE,

» Votre vertueux frère aurait certainement
» accueilli avec empressement cette loyale pro-
» position : alors la révolution n'aurait pas eu
» lieu ; alors il se serait opéré un grand bien
» qui aurait coûté fort peu de peine, et qui
» n'aurait occasionné aucun mal; tandis que la
» révolution a fait acheter, par beaucoup de
» maux, le bien qu'elle a produit.

» Au lieu de faire ce qu'elle aurait dû, ce
» que nous venons de dire, la classe indus-
» trielle, considérant la royauté comme faisant
» corps avec la noblesse, se réjouit de voir
» l'embarras dans lequel le Roi se trouve, et,
» oubliant que le trésor royal est en même temps
» le trésor national, elle lui refuse tout crédit.

» Les États-Généraux se réunissent, ils se

» forment en assemblée constituante. L'As-
» semblée constituante démolit pièce à pièce
» toutes les parties du pouvoir royal; et, après
» avoir mis le généreux Louis XVI dans l'im-
» possibilité de se défendre personnellement, et
» de garantir la nation de l'action des intrigans,
» elle se retire en donnant à ses travaux le titre
» pompeux de Constitution, et en forçant le
» Roi à jurer de maintenir cette prétendue
» Constitution.

» L'Assemblée législative succède immédia-
» tement à l'Assemblée constituante; cette As-
» semblée, dont la très-grande majorité se com-
» pose de légistes, de littérateurs, de doc-
» teurs en *us* de toutes les classes, ayant la tête
» exaltée par l'histoire des grecs et des romains,
» ne rêve que république.

» La Convention succède à l'Assemblée législa-
» tive; elle complète les fautes commises par l'As-
» semblée constituante et par l'Assemblée légis-
» lative; elle anéantit en même temps le malheu-
» reux, le généreux philantrope Louis XVI,
» et la royauté qui était l'institution fonda-
» mentale de l'organisation sociale française;
» elle remplace le régime monarchique, par le
» régime républicain, elle établit la république
» la plus démocratique qui ait jamais existé;
» une république tellement démocratique, que

» ce sont les hommes de la classe la plus pauvre » et la plus ignorante qui exercent la plus grande » influence : en un mot la Convention consti- » tue légalement l'anarchie la plus complète.

» La classe industrielle aurait dû chasser l'As- » semblée constituante, imposer silence aux doc- » teurs en *us* de l'Assemblée législative et placer » la moitié des membres de la Convention à » Bicêtre et l'autre moitié à Charenton.

» La classe industrielle aurait dû rendre au » bon Louis XVI toute son autorité, l'augmenter » encore en débarrassant la royauté de l'influence » exercée sur elle par les courtisans et par les » privilégiés, et en la déterminant à charger du » soin de faire le budget, ceux qui versent le plus » dans le trésor public et qui en tirent le moins.

» La classe industrielle n'a pas suivi cette con- » duite, et elle en a été sévèrement punie ; car la » loi du maximum a ruiné tous les entrepreneurs » de travaux industriels.

» Bonaparte ensuite relève le trône ; il s'y » asseoit, il se met une couronne sur la tête, et » un sceptre à la main. Les industriels auraient » dû s'opposer à l'envahissement de la royauté » française ; car un usurpateur ne peut pas être » le fondateur d'une monarchie industrielle : il » a besoin de la force pour se maintenir, il ne » peut établir que le régime militaire ; les in-

» dustriels ne l'ont pas fait, ils ont payé chère-
» ment cette faute : la brûlure des marchandises
» anglaises a détruit une grande partie de leurs
» capitaux.

» Quand Votre Majesté est rentrée en France
» et qu'elle est remontée sur son trône, les indus-
» triels auraient dû s'offrir d'eux-mêmes à rem-
» plir tous les engagemens contractés à l'égard
» des étrangers ; ils auraient dû, en outre, mettre
» à votre disposition une somme considérable
» pour vous donner les moyens de récompenser
» et de dédommager les fidèles qui vous avaient
» suivi. Vous n'auriez certainement pas trouvé
» mauvais qu'ils vous priassent en même temps
» de supprimer les titres féodaux devenus tout-
» à-fait ridicules et inutiles, depuis que la
» classe industrielle a prouvé qu'elle possède
» toute l'énergie nécessaire pour empêcher les
» étrangers d'envahir le territoire. Vous au-
» riez certainement consenti à laisser faire le
» projet de budget par les Français qui versent
» les plus grosses sommes dans le trésor public,
» et qui en tirent le moins ; car ces Français, qui
» sont les entrepreneurs des travaux industriels
» les plus importants, sont, en même temps, ceux
» de vos sujets qui ont le plus de capacité en
» administration.

» Si les choses s'étaient passées ainsi, la mo-

» narchie industrielle se serait trouvée contituée » à l'instant même de votre rentrée en France.

» La classe industrielle ne s'étant point portée » de son propre mouvement au devant de V. M., » lors de sa rentrée en France, et ne lui ayant » point offert franchement le soutien dont l'an- » cienne royauté avait besoin au moment de son » rétablissement, vous avez dû, Sire, chercher » dans les gouvernans ce que vous ne trouviez » pas dans la classe qui forme le véritable corps » de la nation; vous avez dû reconnaître les deux » noblesses; vous avez dû multiplier les places » dans l'administration de la fortune publique: » vous avez dû, en un mot, augmenter considéra- » blement les charges que nous supportions avant » la révolution; juste punition de la faute politi- » que que nous avons commise, en ne nous » montrant pas franchement royalistes-bour- » bonistes, ainsi que nous aurions dû le faire.

» Il nous reste encore un aveu à faire. Cet » aveu terminera notre confession.

» En 1817, V. M. s'est apperçu que l'ancienne » noblesse cherchait à reconquérir l'importance » dont elle jouissait autrefois en France; qu'elle » travaillait à établir sa domination sur la » royauté, et à remplacer le régime monarchique » par un système aristocratique; vous avez fait » appel à la classe industrielle en déclarant par

» une ordonnance que les patentes seraient considérées comme impôt direct. Il est évident » que, dans cette circonstance, nous n'aurions dû » porter à la députation que de francs royalistes, » que des royalistes-bourbonistes ; que nous » aurions dû choisir les députés dans nos rangs, » c'est-à-dire, parmi ceux qui versent beaucoup » d'argent dans le trésor public et qui n'en retirent rien. Malheureusement plusieurs de nous » ont donné leurs voix à des hommes qui n'avaient pas rendu justice au bien intentionné » Louis XVI; d'autres ont appelé à la députation » de zélés partisans du fils de Bonaparte, et presque tous ont appuyé les prétentions de candidats beaux parleurs qui se soucient fort peu de » verser de l'argent dans le trésor public, et qui » ambitionnent d'en tirer le plus possible en » appointemens, pensions, gratifications, etc.

» Cette dernière faute nous a fait perdre le peu » de considération politique que nous avions » acquise; elle a été cause de l'accroissement » rapide des dépenses publiques (qui montent » aujourd'hui à un milliard par année), en forçant » Votre Majesté à augmenter la force du ministère, à accroître le nombre et l'importance des » fonctionnaires publics, puisque c'est seulement dans les gouvernans que la royauté et les » Bourbons trouvent de véritables soutiens.

» Oui, nous l'avons reconnu et nous le con-» fessons dans ce moment : la vérité est que nous » devons faire à nous-mêmes une grande partie » des reproches que nous avons adressés jusqu'à » présent à la royauté, aux Bourbons et parti-» culièrement à la Cour. Au surplus nous possé-» dons une qualité qui est inhérente à notre natu-» re, qui prend tous les jours plus de développe-» ment, et qui nous garantit que nous pourrons » réparer toujours toutes les fautes que nous avons » commises; c'est que nous sommes essentielle-» ment laborieux, et que nous avons par consé-» quent une supériorité réelle et positive sur les » nobles et sur les courtisans quelle qu'ait été » leur naissance.

» Il y a, en un mot, cette différence entre notre » existence politique et celle des Bourbons ; c'est » que nous sommes certains d'arriver au premier » rang social et que les Bourbons ont l'intérêt » le plus pressant à consolider promptement » leur trône, en fondant la monarchie indus-» trielle.

» Sire,

» Depuis cent ans, il y a eu en France de grandes » fautes politiques commises d'un côté par la » royauté et de l'autre par les industriels ; mais » ces fautes, quelque grandes qu'elles aient été,

» n'ont pas pu anéantir les précédens de la » nation française, ni changer ses destinées » politiques. Depuis quatorze cents ans, la nation » française vit sous le régime monarchique; » depuis que votre auguste dynastie est montée » sur le trône, jusqu'à la mort de Louis XIV, les » Bourbons et les industriels ont été ligués, » d'abord contre les grands vassaux, ensuite » contre les petits vassaux et enfin contre les » privilégiés de toutes espèces.

» La nation française est appelée par ses pré-» cédens à vivre sous le régime monarchique » industriel.

» La royauté ne cessera pas d'éprouver du » malaise, et la classe industrielle, c'est-à-dire, » la nation, ne cessera pas d'être mécontente du » gouvernement, tant que la monarchie indus-» trielle ne sera pas constituée.

» Rien ne peut s'opposer à l'établissement de » la monarchie industrielle en France, si d'une » part les industriels français et de l'autre la » maison de Bourbon veulent constituer cette » forme de gouvernement.

» Quelles sont les classes qui pourraient s'op-» poser à l'établissement de la monarchie indus-» trielle en France? l'ancienne noblesse est incon-» testablement celle qui aurait le plus de moyens » d'entraver cette grande opération politique,

» par la raison que l'appui de toutes les noblesses » européennes lui donne encore une grande » force. Mais d'une part cette force est très-inférieure à celle des Bourbons et des industriels » coalisés pour atteindre à un but d'utilité commune ; d'une autre part les anciens nobles » ont conservé de la générosité dans les sentimens et ils consentiront, beaucoup plus facilement qu'on ne l'imagine en général, à l'établissement d'un ordre de choses qui assurerait » la tranquillité intérieure et la prospérité de » la nation française. Les anciens nobles se sont » gendarmés contre toute innovation politique; » ils travaillent de toutes leurs forces au rétablissement de l'ancien régime, parce qu'ils ont » été révoltés des atrocités commises pendant la » révolution; parce que tous ceux qui ont dirigé » jusqu'à ce jour le mouvement national d'innovation, ont été des intrigans, ou des fous; » qu'aucun d'eux n'a mérité leur estime, qu'aucun » d'eux n'a présenté des idées nettes sur la forme » du gouvernement qui convenait à l'état présent » de la civilisation, qu'aucun d'eux ne leur a » démontré qu'il résulterait pour la nation un » grand avantage de la suppression de la noblesse. » Ce qui les a surtout gendarmés et avec grande » raison, a été la création d'une nouvelle noblesse.

» Quant à la nouvelle noblesse, elle n'est ni » aimée ni estimée de la nation, elle n'a de partisans et d'amis ni au dehors, ni au dedans; » c'est une institution mort-née, dont l'existence a commencé hier et qui cessera demain; » elle n'a aucun moyen de s'opposer à l'établissement de la monarchie industrielle.

» Les bourgeois, c'est-à-dire, les légistes qui » ne sont pas nobles, les militaires qui sont roturiers, les propriétaires qui ne sont pas industriels, ont beaucoup plus de force que la » nouvelle noblesse; mais ils n'ont de force » réelle qu'en se combinant avec l'ancienne noblesse dont ils sont une émanation : ils n'ont » point de caractère politique qui leur soit » propre, ils sont dans la réalité une noblesse » au petit pied; leur existence comme corporation politique, ne peut pas se prolonger au-delà de celle de la véritable noblesse.

» L'armée se compose aujourd'hui de soldats » qui ne montrent aucun goût pour l'état militaire, de soldats qui, par leurs mœurs et leurs » habitudes, sont essentiellement industriels; » ainsi ce ne seront pas eux qui chercheront à » s'opposer à l'établissement de la monarchie industrielle. Il n'y a donc, dans l'armée, que les » officiers qui puissent désirer que la profession » militaire continue à être plus considérée et

» plus avantagée par l'organisation sociale, que
» la profession industrielle.

» SIRE,

» La Monarchie française a dû être essentiellement militaire jusqu'à la mort de Louis XIV; c'est-à-dire, la première classe de l'État a dû se composer d'hommes principalement militaires, et secondairement industriels; parce que, jusqu'à cette époque, le but de la nation était essentiellement celui des conquêtes.

» Depuis Louis XIV jusqu'à ce jour, la monarchie française n'a pu être qu'un gouvernement bâtard; la classe militaire avait perdu sa prépondérance, la classe industrielle n'avait pas encore établi la sienne. Ce temps n'a point cependant été perdu pour les progrès de la civilisation; c'est pendant ce siècle, dont les événemens ne sont pas possibles à bien analyser, parce qu'ils sont trop embrouillés, que s'est opérée la transition de la monarchie militaire à la monarchie industrielle.

» Dans l'état présent de la civilisation, la monarchie industrielle est la seule qui puisse convenir à la nation francaise, la seule qui puisse acquérir de la solidité en France, parce que le but de la nation est celui de prospérer par des travaux pacifiques, d'où il résulte, que

» la première classe dans l'État doit être princi-
» palement industrielle, et que les occupations
» militaires ne doivent être, pour cette pre-
» mière classe, que des occupations secondaires
» et accidentelles; qu'elles ne doivent avoir lieu
» que dans le cas d'envahissement du territoire,
» et seulement jusqu'à l'expulsion de l'étranger.

» SIRE,

» Le nom de monarchie constitutionnelle,
» donné à votre gouvernement, suffit pour faire
» connaître la situation politique actuelle de la
» France; cette épithète de constitutionel qui
» est horriblement métaphysique, désigne un
» état d'organisation social bâtard, un état so-
» cial dans lequel les faiseurs de phrases et les
» *écrivassiers* forment la classe dominante, et
» en effet la pauvre nation française et sa pauvre
» royauté ont été dévorées par eux pendant tout
» le dix-huitième siècle; et, depuis près de
» quarante ans l'*avocacerie* (1), qui est la
» quintessence du *partage* et de l'*écrivasserie*,
» domine la royauté et la nation.

» Il est temps, Sire, de terminer la grande
» transition politique qui occupe la nation et la
» royauté françaises depuis plus d'un siècle; il

---

(1) Par *avocacerie*, nous entendons ici les raisonnemens des avocats sur les matières politiques.

» est temps de proclamer le régime industriel, » la monarchie industrielle.

» Nous tous, adonnés à la profession de l'in» dustrie, nous qui sommes plus de vingt-cinq » millions d'hommes en France, nous jurons » de défendre, à la vie et à la mort, l'institu» tion de la royauté en France et la dynastie » des Bourbons, contre toute entreprise qui » pourrait être machinée, tant au dedans qu'au » dehors, contre cette institution ou contre cette » dynastie.

» Et nous supplions très-respectueusement » Votre Majesté de former une commission » des industriels les plus importants pour les » charger du soin de faire le budget ».

Ce placet doit être signé par tous les Français dont l'importance ou l'existence dépend des succès qu'ils obtiennent dans les travaux industriels qui les occupent; c'est-à-dire, il doit être signé par plus de vingt-cinq millions d'hommes en France.

D. *Si ce projet de placet n'a été conçu par vous que comme une supposition, nous l'approuvons infiniment; car cette supposition vous a donné les moyens d'exposer vos idées avec beaucoup de clarté, de fermeté et de rapidité; mais si vous présentez aux industriels ce projet comme un projet sérieux, comme un projet que vous les engagiez à exécuter, vous vous trompez dans votre attente; car il les effrayera, et cela les empêchera de devenir des partisans de votre système.*

R. Nous ne nous dissimulons point que les industriels ont été, jusqu'à ce jour, excessivement prudents en politique, et qu'ils n'ont montré encore aucune hardiesse sous ce rapport; c'est ce qui fait que, jusqu'à ce jour, il n'y a point eu encore de parti politique industriel; c'est ce qui fait que les industriels, n'ayant encore été que spectateurs dans les luttes politiques, ont toujours été les victimes; ils ont été victimes des jacobins, ensuite victimes de Bonaparte; et, depuis la restauration, ils sont la proie que se disputent entre eux les ultra, les libéraux et les ministériels. Dans toutes les directions possibles, ceux qui sont prudents, et qui n'ont point de hardiesse, sont nuls; car la prudence n'a de valeur que dans le cas où elle se combine avec la hardiesse.

D. *La vérité est que l'éducation des industriels en politique est à faire, et vous leur donnez des conseils qui ne pourront leur convenir qu'après leur éducation terminée.*

R. Nous avons reconnu que l'éducation politique des industriels était à faire, et c'est parce que nous avons senti profondément cette vérité que nous avons entrepris la publication d'un catéchisme des industriels. Ainsi nous sommes parfaitement d'accord sur ce point; mais il paraît que nous n'avons pas la même manière de voir relativement à la conduite qui doit être tenue dans l'éducation politique de la classe industrielle.

Donner aux élèves le sentiment de leur valeur, leur inspirer de la confiance dans leurs moyens, nous paraît la première chose dont on doit s'occuper quand ce ne sont pas des enfans qu'on instruit, mais que ce sont des personnes faites à qui on offre des conseils.

Exercer les élèves d'abord à la pratique, et ne leur parler des théories qu'à l'occasion de la pratique qu'ils exercent, est un second principe qui nous a paru essentiel à suivre.

Enfin, et pour ne pas prolonger davantage cette discussion épisodique, nous vous dirons que notre intention est de constituer, le plus promptement possible, le parti industriel, et que le moyen le plus certain pour cela est celui de déterminer les industriels à manifester directement au Roi, et sans employer aucun intermédiaire, leurs désirs politiques.

Rentrons dans la discussion commencée : elle a pour but de déterminer laquelle des deux nations, anglaise ou française, est la plus près du but politique vers lequel tend toute l'espèce humaine : celui de passer du régime gouvernemental au régime industriel; elle a pour but de mettre en évidence les différents moyens que ces nations doivent employer pour atteindre à ce but. C'est là précisément le point de l'examen où nous en étions : continuons cet examen, sans changer la direction que nous lui avons donnée. Vous regarderez à votre choix le projet de placet comme une fiction ou comme une réalité, comme une chose qui ne peut être exécutée que dans dix ans, ou comme une chose qui doit s'exécuter demain; mais continuons à le considérer, dans cette discussion, comme un projet sérieux.

D. *Il est certain que si ce placet était signé par toutes les personnes livrées à la profession industrielle en France, il produirait un grand effet politique; nous sommes même persuadés que dans ce cas il serait favorablement accueilli par S. M. Mais la grande difficulté dans cette affaire n'était pas de rédiger le placet; elle consiste à le faire signer par tous les intéressés; car s'il n'était signé que par un petit nombre de personnes, il n'aurait qu'une valeur philosophique, et il produirait peu d'effet.*

R. Vous mettez la charrue avant les bœufs. La plus grande difficulté dans cette affaire consistait à concevoir et à co-ordonner les idées qui sont exposées dans ce placet; le faire signer n'est qu'une difficulté très-secondaire.

Une compagnie de banquiers égale, semblable à toutes celles qui se sont présentées, dans ces derniers temps, pour faire les divers emprunts que le gouvernement a proposés, réussirait plus facilement à faire signer le placet par tous les industriels de France, que les compagnies preneuses d'emprunts n'ont réussi à réaliser ces emprunts.

La classe industrielle, comme nous l'avons dit dans notre premier cahier, est complètement organisée au moyen de la Banque qui lie entre elles toutes les branches de l'industrie, au moyen des banquiers qui lient entre eux les industriels de tous les genres : de manière que tous les efforts des industriels peuvent facilement se combiner, pour atteindre à un but d'intérêt qui leur est commun. Les Chefs de l'industrie, c'est-à-dire, les industriels les plus importants, n'ont point encore tiré parti, en politique, des avantages qui résultent pour eux de l'organisation de la classe industrielle. Nous leur offrons, dans cette occasion, le moyen d'user de tous les avantages que cette organisation leur donne, pour atteindre au plus grand but politique auquel ils puissent prétendre, celui d'établir le régime industriel; et nous ne doutons pas qu'ils ne la saisissent avec empressement.

D. *Mais la loi ne défend-elle pas les pétitions collectives? les Procureurs du Roi ne pourront-ils pas s'opposer à la signature de votre placet par les personnes intéressées à le présenter?*

R. Tous les Français ont le droit de soumettre au Roi, individuellement et collectivement, toutes les idées qu'ils jugent utiles pour la prospérité de l'état, pourvu que l'exposé de leurs désirs soit revêtu des formes convenables; une loi qui interdirait la communication directe des sentimens et des pensées entre le Roi et ses sujets, sera une loi monstrueuse et dégradante pour le trône, de même que pour la nation. Au surplus il n'y a pas même besoin que le placet soit signé pour que le but soit atteint; il suffit pour cela que tous les industriels l'aient lu et qu'ils déclarent publiquement qu'ils adoptent les idées qui y sont contenues, et qu'ils sont convaincus que le seul moyen par lequel le Roi puisse assurer la tranquillité en France, et donner à la prospérité nationale tout le développement dont elle est susceptible, consiste à charger une commission composée des industriels les plus importans, du soin de faire le projet de budget. Il résultera nécessairement de cet accord dans l'opinion politique des industriels, un bruit public si fort et un désir national si fortement prononcé, et si bien précisé, que les efforts des ministres et des courtisans pour empêcher l'attention de Sa Majesté de se fixer sur cette opinion, seraient tout-à-fait insuffisants.

Quant à la peur que vous voulez nous faire des Procureurs du Roi, nous vous dirons que nous avons de fortes raisons pour croire qu'ils ne sont pas mal disposés à l'égard de nos idées ; car elles portent le cachet du royalisme le plus pur, d'un royalisme beaucoup mieux précisé que celui des ultra, qui ne sont, dans la réa ité, que des partisans du système aristocratique par droit de naissance.

D. *Passons à l'examen de ce qui concerne l'Angleterre, et dites-nous par quel moyen les Anglais peuvent établir chez eux le régime industriel?*

R. Pour que les Anglais établissent chez eux le régime industriel pur, sans user pour cela de moyens violents, il faut que leur parlement rende une loi qui abroge les substitutions; il faut qu'il en rende une autre qui mobilise les propriétés territoriales.

D. *Il nous paraît impossible que le parlement d'Angleterre consente à rendre ces deux lois; car ce parlement, ainsi que vous l'avez établi, est soumis à l'influence de la pairie. Les lords dominent, d'une part, le pouvoir royal, et, de l'autre, la Chambre des Communes; et ces lois étant contraires à leurs intérêts féodaux, qui sont plus importants pour eux, et qui leur sont plus chers que leurs intérêts industriels, ils empêcheront nécessairement qu'elles ne soient rendues.*

En un mot, l'adoption ne nous paraît pas pouvoir être obtenue par des moyens loyaux et pacifiques, puisque les lords possèdent le pouvoir de s'y opposer, et qu'eux seuls auraient une autorité suffisante pour les faire passer. Nous concluons de ce que nous venons de dire que l'Angleterre ne peut arriver au régime industriel pur qu'au moyen d'une insurrection.

R. Il n'y a pas de doute que les Français ne puissent établir chez eux le régime industriel beaucoup plus facilement que les Anglais, puisqu'une simple ordonnance du Roi suffit pour l'établir en France; mais nous n'en concluons pas qu'une insurrection soit indispensablement nécessaire pour l'établir en Angleterre.

La noblesse anglaise est de toutes les noblesses d'Europe la plus instruite; elle est celle qui connaît le mieux l'importance de l'industrie; il n'y a pas un lord qui ne soit plus ou moins intéressé pécuniairement dans des entreprises industrielles. Ajoutez à cela que le peuple anglais a un amour-propre national qui le porte à ne se laisser devancer par aucun peuple, et, d'après ces raisons, vous penserez comme nous, que peu de temps après l'exemple que les Français auront donné de l'établissement du système industriel, tous les Anglais, presque sans exception, mettant, dans cette circonstance, leurs intérêts particuliers à part, travailleront d'un commun accord à l'établir chez eux.

D. *En récapitulant et en complétant l'opinion que vous avez émise dans le présent entretien, nous trouvons ce qui suit :*

1°. *L'espèce humaine a toujours tendu vers le but de l'établissement politique du système industriel.*

2°. *Chaque peuple a suivi une route différente, et a adopté une allure particulière pour se rendre à ce but.*

3°. *Les nations française et anglaise sont celles qui se trouvent les plus rapprochées du but. La nation anglaise en paraît beaucoup plus près que la nation française; mais c'est une illusion, la nation française en est réellement beaucoup moins éloignée.*

4°. *En France, une simple ordonnance du Roi qui chargerait les industriels les plus im-*

portants du soin de faire le projet de budget, suffirait pour établir le régime industriel, et cette ordonnance serait certainement obtenue, si la classe industrielle, qui se compose en France de plus de vingt-cinq millions d'hommes; suppliait le Roi de considérer que cette mesure assurerait la tranquillité du trône et la prospérité de la nation.

5°. *Quand la nation française aura établi chez elle le régime industriel, la nation anglaise ne tardera pas à suivre son exemple.*

6°. *Quand le régime industriel sera établi en Angleterre et en France, tous les malheurs que l'espèce humaine était destinée à éprouver lors de son passage du régime gouvernemental au régime industriel, seront terminés; toutes les forces gouvernementales, existantes sur le globe, se trouvant inférieures à la force industrielle constituée en France et en Angleterre, la crise se trouvera terminée, parce qu'il n'y aura plus de lutte, et tous les peuples de la terre, sous la protection de la France et de l'Angleterre unies, s'élèveront successivement et aussi promptement que l'état de leur civilisation le permettra, au régime industriel.*

Puisque vous êtes convaincus de la justesse de ces six assertions, ce que vous avez de mieux à faire, c'est d'employer toutes vos forces et tous vos moyens pour déterminer les industriels français à présenter au Roi le placet dont vous avez conçu le projet. Cette démarche devant, par un enchaînement d'événemens successifs, effectuer la plus grande amélioration dont le sort de l'espèce humaine soit susceptible.

R. Oui certainement, le premier et le principal but de tous nos travaux est de déterminer tous les industriels de France, c'est-à-dire, plus de vingt-cinq millions d'hommes, c'est-à-dire, l'immense majorité de la nation, à demander au Roi, d'un commun accord et par un placet signé d'eux tous, de charger les industriels les plus importants du soin de faire le budget.

Parce que nous sommes convaincus que cette mesure ferait cesser le régime du parlage et de l'*avocasserie* sous lequel nous vivons aujourd'hui, régime bâtard qui a succédé au régime militaire : régime ruineux puisqu'il a déjà élevé le budget à la somme énorme d'un milliard.

Parce que nous sommes également convaincus que, cette mesure plaçant dans les mains des véritables faiseurs en prospérité nationale, la haute direction de la fortune publique, le sort de la nation française s'améliorera avec toute la rapidité possible.

Après avoir acquis cette conviction, une seconde question s'est présentée à nous : *quels sont les meilleurs moyens à employer pour déterminer les industriels à faire cette demande à S. M.*

Nous avons reconnu que deux principaux moyens devaient être employés ; que, d'une part, nous devions prouver aux industriels que cette mesure leur procurerait tous les avantages sociaux auxquels ils pourraient prétendre; que cette mesure n'aurait aucun inconvénient, parce qu'ils sont plus capables qu'aucune autre classe de la société de bien administrer la fortune publique ; que, d'une autre part, nous devions faciliter, autant que possible, aux industriels, les moyens de faire cette demande en nombre suffisant pour fixer l'attention de S. M.

Nous avons également reconnu que nous devions employer alternativement ces deux moyens jusqu'à ce que le succès de notre entreprise ait couronné nos travaux.

Conformément à cette marche adoptée, nous vous prions, maintenant que nous venons de présenter le projet de placet au Roi, de reprendre la discussion qui nous occupait. Nous examinerons, si vous voulez bien, de nouveau, si effectivement il est désirable, pour le bien de la majorité de la nation, que la classe industrielle devienne la première classe, que les industriels les plus importants soient chargés par le Roi du soin de faire le projet de budget; nous examinerons de nouveau si la France doit effectivement préférer l'établissement du système industriel à l'adoption de l'organisation sociale anglaise, en ayant toujours soin de manifester dans toute notre discussion le plus grand respect pour la royauté, pour la légitimité et pour la Charte.

Après cette autre discussion, nous examinerons de nouveau comment les industriels peuvent s'y prendre pour faire leur demande au Roi en nombre suffisant pour fixer l'attention de S. M. Nous prouverons que si les industriels existant dans Paris signaient tous le placet dont nous avons donné le projet, cette mesure dont l'exécution est d'une excessive facilité suffirait pour atteindre au but.

SOUSCRIPTION.

Cet Ouvrage formera deux volumes, dont un de Catéchisme, et un autre qui contiendra l'exposé scientifique du système. Ces deux volumes seront publiés en plusieurs livraisons, dans le cours de cette année 1824.

On souscrit chez l'auteur, rue de Richelieu, n°. 34, et chez tous les libraires.

Le prix de la Souscription est de 20 fr. pour Paris, 25 fr. pour les départemens, et 30 fr. pour les pays étrangers.

Les lettres et l'argent doivent être affranchis.

AVIS

A MESSIEURS LES CHEFS DE MAISONS INDUSTRIELLES.

Messieurs,

Nous vous invitons tous à vous procurer notre ouvrage le plus promptement possible, et à le communiquer à vos subordonnés, cette production ne pouvant être utile que dans le cas où elle sera très-généralement répandue dans la classe industrielle.

Nous vous ferons observer, messieurs, que le produit de vos travaux sera la proie que se disputeront et que dévoreront tous les partis politiques qui existeront, tant que vous ne formerez pas un parti politique pour le défendre contre la rapacité des consommateurs non producteurs.

Nous vous ferons observer ensuite que la production d'un écrit qui proclame les principes et les opinions du parti industriel, est pour vous le seul moyen qui existe de vous constituer solidement en parti politique.

C'est au moyen de la publication du *Conservateur* que s'est formé le parti ultra qui est aujourd'hui triomphant, au point qu'il arrache au ministère à peu près toutes les concessions qu'il désire, mais qui est peu redoutable, parce qu'il n'a derrière lui que la domesticité des nobles et que les nobles qui figurent à la tête de ce parti ne possèdent aucune capacité positive.

La *Minerve* a été le moyen de formation du parti libéral actuel, parti qui, fort heureusement, est aujourd'hui complètement battu; car, s'il avait réussi dans ses projets, il aurait fait rentrer la France en révolution; mais qui a joué, pendant quelques momens, un rôle très-important.

Messieurs, nous nous présentons avec infiniment plus de confiance que le *Conservateur* et la *Minerve* n'ont jamais pu le faire; parce que c'est un système que nous produisons; que c'est le seul système politique qui puisse rétablir la tranquillité en France; que c'est le seul qui puisse accélérer, autant que possible, la prospérité publique et la tranquillité du Roi; que c'est un système enfin qui aura décuplé la consommation peu d'années après son adoption, par l'aisance qu'il répandra dans la classe laborieuse.

MESSIEURS,

En résumant cet avis, nous vous invitons à combiner vos forces avec celles des publicistes, c'est par l'union de votre capacité pratique avec leur capacité théorique que vous parviendrez à mettre le produit de vos travaux à l'abri de la rapacité des consommateurs non producteurs.

Voici un projet d'association entre vous et les publicistes. Il est le produit de quarante-cinq ans de méditation sur ce sujet. Il mérite de fixer toute votre attention, en même temps que celle des publicistes, ainsi que des savans et artistes de toutes les classes.

Au moyen de cette association, les affaires publiques se trouveront dirigées par des professeurs en industrie ou en science, tandis qu'elles ne sont actuellement conduites que par des amateurs, et en effet les préfets, les ministres même ne sont que des amateurs en administration, puisque c'est toujours la nation qui paie leurs erreurs de calcul et leurs mauvaises combinaisons. La vérité est que les industriels sont les seuls professeurs en administration, parce qu'il n'y a qu'eux qui aient appris à leurs propres dépens à bien administrer.

UNION GÉNÉRALE

DES CAPACITÉS INDUSTRIELLES ET SCIENTIFIQUES.

(L'objet de cette union est l'établissement du régime industriel.)

Les industriels et les publicistes forment deux comités séparés.

Le comité des industriels administre les fonds de la société.

Les travaux que les publicistes désirent publier sont soumis à l'examen de ce comité, et ne peuvent point être imprimés sans son consentement.

Les industriels fondateurs pourront s'associer tous les industriels qu'ils jugeront à propos de s'adjoindre, et les admettre d'emblée dans leur comité.

Le comité des publicistes fera un premier exa

men des travaux scientifiques qui auront pour objet l'établissement du système industriel.

Ce comité jugera ces travaux en première instance, c'est-à-dire, il les rejettera, ou bien il les présentera au comité des industriels pour en obtenir la permission et les moyens de les faire imprimer.

Tous les savans, artistes et littérateurs de France et des pays étrangers seront invités par la société à lui communiquer ceux de leurs travaux qui auront pour objet l'établissement du système industriel.

Tout auteur dont les travaux auront été admis par le comité des publicistes, et adopté par le comité des industriels, sera de droit et dès ce moment membre du comité des publicistes.

PREMIER APPENDICE

SUR DUNOYER

ET SUR LES AUTRES PUBLICISTES MODERNES.

D. *M. Dunoyer, qui était un des auteurs du* Censeur, *vient de publier une brochure vraiment remarquable, et qui a fixé l'attention des meilleurs esprits. Cette brochure porte le titre suivant :*

DU DROIT DE PÉTITION A L'OCCASION DES ÉLECTIONS.

Nous désirons savoir ce que vous pensez de cette production.

R. Nous avons lu cette brochure avec beaucoup d'attention, et nous pensons qu'elle contient sur la politique des idées plus neuves et meilleures qu'aucune de celles présentées depuis plusieurs années par les publicistes, tant en France qu'en Angleterre. Mais les idées de M. Dunoyer sur la politique ne nous paraissent pas complètes, et la lacune que nous y avons remarquée, pourrait, à ce qu'il nous a paru, entraîner de graves inconvéniens si elles étaient adoptées avant d'être complétées.

D. *Dites-nous séparément ce que vous approuvez et ce que vous improuvez dans la brochure de M. Dunoyer, et commencez par nous faire connaître sous quel rapport elle vous paraît mériter l'éloge que vous en faites.*

R. Nous commencerons par citer trois idées que M. Dunoyer a exprimé avec beaucoup de force et de clarté.

1° A la page 14 de sa brochure :

« Il n'y a jamais réellement que notre volonté
» qui nous protége : les chartes octroyées
» peuvent être révoquées ; les droits reconnus
» peuvent être méconnus; cela seul nous est
» acquis, cela seul nous est assuré que nous
» sommes en général disposés à défendre. Si,
» dans la masse des biens dont nous jouissons,
» il est des choses sur lesquelles nous ne per-
» mettions pas à l'autorité de porter la main,
» nous pouvons dire que celles-là sont à nous,
» mais celles-là seulement. Toutes les autres
» sont au pouvoir, quoiqu'en disent les lois qui
» nous les garantissent; toutes les autres sont
» au pouvoir, puisqu'il pourrait nous en dé-
» pouiller sans aucun péril. »

La seconde idée qui nous a frappé se trouve au bas de la page 9; il est bien entendu que c'est sous le rapport de son importance que nous regardons cette idée comme la seconde.

« La France n'a-t-elle donc que la voie des » élections pour faire connaître au Roi ses vrais » sentimens?

« Elle en a une autre sans doute; elle en a » une qu'on ne peut ni fermer ni fausser, et qui, » au besoin, peut lui tenir lieu de toutes les » autres: elle a la voie de la plainte, cette voie » est toujours ouverte à tout le monde; elle est » aussi légale que la voie des élections; elle est » beaucoup plus facile; elle peut être enfin » beaucoup plus puissante, bien que, de sa na- » ture, elle ne semble pas devoir entraîner des » effets aussi nécessaires. »

Enfin celle des idées de M. Dunoyer que nous approuvons, et qui nous paraît la troisième en importance, se trouve en tête de sa brochure, la voici:

« On suppose communément que le Roi, en » dissolvant la Chambre et en convoquant les » colléges électoraux, a voulu connaître l'opi- » nion de la France sur la conduite et les projets » avoués du parti qui dirige en ce moment nos » affaires.

» Je suis placé beaucoup trop loin du trône » pour savoir les motifs de ses déterminations. » Mais, en supposant qu'en effet le chef du gou- » vernement a voulu faire un appel à l'opinion » du pays, est-il au pouvoir du pays de lui ré-

» pondre et de lui faire savoir, par la voie des
» élections, ce qu'on pense en général des doc-
» trines et des pratiques du parti dominant?

» On ne peut pas se dissimuler d'abord que
» notre législation électorale ne rende cela fort
» difficile. Il n'est pas bien sûr que ce soit la
» France qui est consultée. Environ quinze mille
» électeurs sont chargés de répondre pour trente
» millions d'hommes: quinze mille électeurs
» privilégiés nomment cent soixante-douze dé-
» putés sur quatre cent trente, et fournissent
» ainsi, à eux seuls, les deux cinquièmes de la
» réponse.

» A la vérité, ce n'est pas seulement à cette
» poignée d'hommes que la question est adres-
» sée; elle s'adresse, pour les trois cinquièmes
» des députés à élire, à un corps de soixante à
» quatre-vingt mille électeurs, dont la majorité,
» on s'accorde à le reconnaître, a des idées et
» des intérêts beaucoup plus conformes aux
» idées et aux intérêts légitimes du grand nombre.

» Mais le parti qui tient le pouvoir et qui a
» fait la loi a arrangé les choses de si bonne
» sorte, qu'il est, sinon impossible, du moins
» prodigieusement difficile à cette majorité d'être
» maîtresse de ses élections. Premièrement, elle
» se trouve très-modifiée par la présence des
» électeurs privilégiés, lesquels sont admis à

» voter avec le gros des électeurs avant d'aller » voter dans leurs colléges séparés. Seconde» ment, elle a été disséminée dans une multi» tude d'arrondissemens électoraux, et on a eu » l'art de la répartir de manière à annuler un » nombre considérable des voix libérales dont » elle se compose. Troisièmement, enfin, elle » ne préside point aux opérations des colléges ; » elle ne nomme ni ses présidens, ni même, en » réalité, ses scrutateurs, et par conséquent elle » n'est pas sûre de la régularité des opérations des » bureaux.

» Ainsi, quand la majorité n'aurait à vaincre » que les obstacles mis à l'expression de son vœu » par l'injustice et la partialité des lois, il lui » serait déjà très-difficile, et on ne peut le nier, » de répondre à l'appel de S. M. et d'éclairer sa » sagesse sur la conduite du parti qui l'entoure » et qui nous domine.

» Mais que serait-ce si des difficultés déjà si » graves étaient encore aggravées par le parti » qu'il s'agit de juger? Que serait-ce si, maître » du pouvoir et chargé de diriger l'opération, » ce parti la dirigeait de manière à empêcher » entièrement qu'elle ne fût libre? Que serait-ce, » je ne dis pas s'il entreprenait d'intimider ou de » corrompre les électeurs, parce qu'enfin les » électeurs doivent savoir résister aux séductions

» et aux menaces, mais s'il les mettait matériel-
» lement dans l'impossibilité d'user de leurs
» droits; s'il écartait les uns par des dégrève-
» mens, s'il rebutait les autres par des forma-
» lités multipliées à plaisir et qu'il est toujours
» si aisé de rendre insurmontables; s'il trom-
» pait ceux-ci sur le jour où doivent se faire les
» élections, s'il fermait la porte à ceux-là parce
» qu'ils n'auraient pas pris leur passe-port
» avec leur carte? Que serait-ce, en un mot,
» si, par une suite d'expédiens plus ou moins
» illégaux, il empêchait physiquement la majo-
» rité d'arriver dans le collége? Serait-il pos-
» sible encore à cette majorité, jouée, vexée,
» éconduite, de répondre à l'appel du Roi et de
» lui faire savoir, par les élections, ce qu'elle
» pense du parti qui nous gouverne?

» On me dira qu'en pareil cas les électeurs
» pourraient dénoncer les fraudes et les vio-
» lences dont ils auraient à se plaindre. Les dé-
» noncer? à qui? Remarquez bien que le parti
» dont la conduite politique est soumise, soi-
» disant, au jugement du pays, est chargé lui-
» même de diriger la procédure, et que, s'il
» commet des irrégularités pour obtenir un ju-
» gement favorable, nous n'en pouvons deman-
» der le redressement qu'à lui. On peut sans
» doute se plaindre du maire au préfet;

» mais le parti, maître des municipalités, domine aussi dans les préfectures. On peut porter » sa plainte au Conseil d'État; mais c'est une » position où le parti s'est encore assuré la majorité. On pourrait enfin dénoncer à la nouvelle Chambre les pratiques illégales par lesquelles le parti l'aurait fait élire; mais le » moyen de croire que la majorité de cette » Chambre consentît à se détruire elle-même et » à se déclarer illégalement élue?

» Le parti peut donc commettre les plus » graves prévarications sans que nous ayons » aucun moyen d'y mettre obstacle. Je n'examine point s'il le fait, ceci est une question à » part et dont je laisse juge tout le public; mais » je dis qu'il a les moyens de le faire. J'ajoute » même que, s'il veut agir frauduleusement, » son intérêt est de ne pas le faire à demi: car, » en fait d'élections, un moyen assuré de frauder impunément, c'est de frauder assez pour » obtenir la majorité. Par quelque moyen qu'on » l'obtienne, en effet, n'est-on pas toujours sûr » de lui faire trouver bonnes et valables les opérations par lesquelles on l'aura obtenue?

» Ainsi, il ne faut point s'abuser, quelque » zèle que déploient les électeurs, il est au » pouvoir du parti dominant d'échapper au jugement de la majorité, et de faire que le pays

» ait l'air d'approuver sa conduite, alors même » qu'il la condamnerait de la manière la plus » positive et la plus forte. »

Nous trouvons ces trois idées bonnes, très-bonnes, nous sommes payés pour les trouver telles; car elles servent véritablement d'introduction à notre catéchisme. Le lecteur attentif a dû remarquer que nous nous sommes uniquement occupé, dans les deux premiers cahiers de notre catéchisme, d'indiquer à la classe industrielle, qui forme les vingt-quatre vingt-cinquième de la nation, l'usage qu'elle devrait faire du droit de pétition; il aura remarqué que nous donnons à la fin de notre deuxième cahier un projet de placet des industriels au Roi, et que dans ce placet les industriels exposent à S. M. qu'ils sont dans un état de souffrance, parce que la fortune publique est mal administrée, parce que les intérêts généraux sont mal dirigés, et qu'ils supplient le Roi de confier aux industriels les plus importants le soin de faire le projet de budget, attendu que c'est le seul moyen d'assurer la tranquillité et la prospérité publique.

En résumant notre approbation des idées de M. Dunoyer, nous trouvons qu'il a eu grande raison de dire que le droit de pétition au Roi est infiniment plus important pour la nation que son droit de nommer une chambre de députés; que toutes les lois qui ont pu être faites en sa faveur, que toutes celles qui pourraient être faites, que la Charte qui lui a été octroyée et que toutes celles qui pourraient lui être accordées par la suite.

Nous trouvons en outre que par la clarté, le le laconisme et la vigueur avec lesquelles M. Dunoyer a présenté cette vérité, il a rendu un service très-important au Roi ainsi qu'à la nation.

D. *Voyons maintenant quelles sont celles des idées émises dans cette brochure, que vous improuvez?*

R. Ce que nous improuvons, c'est l'usage que M. Dunoyer conseille à la nation de faire du droit de pétition.

D. *Motivez-nous votre improbation?*

R. D'après la manière dont M. Dunoyer conseille à la nation d'user du droit de pétition, il est évident qu'il a conçu les choses de la manière suivante :

Ce publiciste considère la nation comme devant rester passive sous le rapport des combinaisons politiques.

Il envisage le gouvernement comme chargé d'inventer, de découvrir, de concevoir les mesures générales qui peuvent être utiles à la nation, et il réduit la nation au simple rôle de juge, manifestant son improbation, et condamnant les mesures qui ne lui conviennent point.

Or, nous disons et nous allons prouver que cette conception de M. Dunoyer est vicieuse, qu'elle est dangereuse en ce qu'elle tend à donner à la nation des idées très-fausses sur sa position actuelle, et sur les moyens qu'elle doit employer pour terminer la crise dans laquelle elle se trouve engagée.

D'abord la conception de ce publiciste est en opposition avec toutes les connaissances acquises en physiologie générale, en philosophie, en morale, en un mot dans la science de l'homme et en effet ce que la science de l'homme dit, c'est que les diverses classes d'hommes qui composent la société ne peuvent inventer et même bien concevoir que les choses qui leur paraissent utiles à leurs intérêts, qu'elles ne peuvent travailler qu'à ce qui leur paraît devoir leur être avantageux.

Or, le pouvoir royal continuant encore de confier la principale direction des affaires publiques à l'ancienne noblesse, à la nouvelle noblesse et à la bourgeoisie; le gouvernement ainsi composé ne peut concevoir que des mesures opposées aux intérêts de la classe industrielle qui est véritablement la nation.

M. Dunoyer a donc tort d'attribuer au gouvernement actuel le rôle actif, c'est-à-dire, la fonction d'inventer les mesures qui peuvent être utiles à la nation.

Ce publiciste a également tort d'attribuer à la nation, dans les circonstances actuelles, le rôle critique; car la classe industrielle qui forme la véritable nation se bornant dans ce moment à exercer une action critique, et exerçant cette action avec la vigueur que M. Dunoyer lui conseille d'employer, doit nécessairement se trouver engagée dans de nouvelles révolutions, dans de nouvelles insurrections, dans des révolutions et dans des insurrections interminables.

Nous citerons à l'appui de ce que nous venons de dire ce qui s'est passé depuis 1789.

Depuis 1789 la classe industrielle n'a exercé qu'une action critique à l'égard de tous les gouvernements qui ont existé. Qu'en est-il résulté? c'est que dix gouvernements ont été successivement culbutés, et que le gouvernement actuel a pour occupation principale d'écraser ou de contenir les factions qui sont sans cesse renaissantes.

Il en est résulté le massacre de Louis XVI et d'une quantité d'honnêtes gens, le renversement du trône, l'établissement passager d'une nouvelle dynastie, l'établissement conservé d'une nouvelle noblesse qui est une nouvelle charge pour la classe industrielle.

M. Dunoyer s'est trompé en n'attribuant dans ce moment à la nation, c'est-à-dire à la classe industrielle qu'un rôle critique.

D. *Expliquez-vous donc plus clairement : vous blâmez M. Dunoyer d'avoir considéré le gouvernement comme ayant l'initiative dans la direction des intérêts nationaux et de n'avoir envisagé la nation que comme juge des actes du gouvernement. Qu'auriez-vous donc desiré qu'il fît? auriez-vous préféré qu'il confie à la nation l'initiative des mesures à prendre, et qu'il réduisît le gouvernement au rôle de juge, des mesures prises par la nation?*

R. En thèse générale M. Dunoyer a parfaitement raison; il est certain que ce sont les gouvernements qui doivent inventer ou adopter, c'est-à-dire produire les mesures ayant pour objet le bien public, mais c'est toujours dans la supposition que les gouvernans et les gouvernés ont des intérêts de la même nature, qu'ils ont le même genre d'activité, qu'ils tendent vers le même but, qu'ils sont animés du même esprit; qu'ils éprouvent des désirs semblables, qu'ils ont la même manière de voir relativement aux moyens généraux à employer pour améliorer leur sort. Or, les circonstances politiques dans lesquelles nous nous trouvons font exception à la régle, parce que les gouvernans se composent presqu'en totalité d'anciens nobles, de nouveaux nobles et de bourgeois; parce que les intérêts de ces gouvernans et ceux des gouvernés, qui sont essentiellement industriels, ne sont pas de la même nature; parce que les gouvernans et les gouvernés n'ont point le même genre d'activité, parce que les gouvernans et les gouvernés ne tendent point vers le même but, parce qu'ils ne sont point animés du même esprit, parce qu'ils éprouvent des desirs très-dissemblables, parce qu'ils ont des manières de voir très-différentes relativement aux moyens à employer pour améliorer leur sort.

Les circonstances politiques dans lesquelles nous nous trouvons sont des circonstances particulières, des circonstances uniques dans la marche de la civilisation ; notre besoin politique principal, dominant, exclusif, dans ce moment, est celui d'opérer ou plutôt de terminer la transition qui doit nous faire passer du système gouvernemental au système administratif, du système militaire au système pacifique; or, pour opérer cette transition, il est indispensablement nécessaire que la nation, c'est-à-dire, que la classe industrielle, prenne l'initiative pour demander à S. M. de charger les industriels les plus importants du soin de faire le projet de budget, seule mesure qui puisse atteindre le but de remettre en accord les désirs des gouvernans et ceux des gouvernés.

La royauté française éprouve, dans ce moment, et depuis la manifestation des généreuses intentions de Louis XVI, une captivité bien plus complète que la royauté espagnole n'a essuyé pendant quelques jours à Cadix. C'est à la nation française, sans le secours d'aucun étranger, à rendre la liberté à son Roi qui, dans la réalité, est aujourd'hui prisonnier des anciens nobles, des nouveaux nobles et des bourgeois. Et, pour opérer la délivrance du Roi, la nation française n'a besoin d'user d'aucun moyen violent, il lui suffira de manifester son intention. Il lui suffira de dire au Roi, ainsi que nous l'avons indiqué dans le projet de placet que nous avons présenté dans ce cahier, Sire, la classe industrielle est aujourd'hui dominante par le fait, si votre Majesté use de sa pleine puissance pour la déclarer dominante par le droit, la tranquillité deviendra inébranlable, parce que l'homogénéité se trouvera rétablie entre les gouvernans et les gouvernés.

En nous résumant, nous improuvons M. Dunoyer, d'avoir conseillé à la nation, c'est-à-dire à la classe industrielle de n'user du droit de pétition que pour en faire un usage critique. Si les industriels n'usaient du droit de pétition que d'une manière critique, l'existence politique de l'ancienne noblesse, de la nouvelle noblesse et de la bourgeoisie se prolongerait encore bien long-temps; puisqu'elle ne pourrait s'éteindre qu'après avoir parcouru le cercle entier des mauvaises mesures à prendre, c'est-à-dire des mesures contraires aux intérêts de la classe industrielle, qui est aujourd'hui dominante par le fait.

D. *Résumez-nous, en une seule opinion, votre approbation et votre improbation relativement à la brochure de M. Dunoyer; présentez-nous un jugement général qui classe cette production comme vous pensez qu'elle mérite de l'être.*

R. Il y a beaucoup plus de bien que de mal à dire du travail de M. Dunoyer. Les erreurs qu'il a commises lui seront très-faciles à rectifier, elles sont d'une très-petite importance en comparaison de la force et de la bonté de la conception générale.

M. Dunoyer est décidément sorti, et en un seul élan, de l'ornière dans laquelle les publicistes se trouvent engagés, depuis bien long-temps. Cet auteur est parvenu à placer, en peu de pages, l'esprit du lecteur au-dessus des considérations sur le régime constitutionel ou représentatif; au dessus de toutes les considérations présentées par les écrivains en économie politique, il a affranchi l'intelligence de ses compatriotes des liens métaphysiques qui les empêchaient de voir clairement le but auquel ils devaient tendre, et les moyens qu'ils devaient employer pour atteindre à ce but. Il a prouvé clairement à la nation, c'est-à-dire à la classe industrielle, que si elle est mal gouvernée, c'est de sa faute, puisqu'elle est la plus forte. Il a fait sentir à cette classe que sa supériorité de force est telle, qu'elle n'a aucunement besoin d'employer les moyens violents, ni les menaces pour faire adopter son opinion par le gouvernement. Il a su apprécier à toute sa valeur l'institution de la Royauté, qui procure à la nation française les moyens d'opérer les plus grandes améliorations dans son organisation sociale, sans que ces changemens occasionnent aucune secousse.

D. *Vous devriez présenter une analyse des ouvrages de tous les publicistes modernes, semblable à celle que vous nous donnez de la brochure de M. Dunoyer; cela mettrait le lecteur en état de juger des rapports qui existent entre votre opinion et celles des autres écrivains. Alors votre système ne figurerait point comme une conception isolée, vous lui donneriez, par ce moyen, de solides appuis, et vous agiriez beaucoup plus fortement sur l'opinion publique.*

R. Nous avons fait ce travail pour notre propre compte, car notre système n'est pas autre chose que la réunion de ce que nous avons trouvé de bon dans les ouvrages des publicistes, et la *sytématisation* de ces opinions ; mais ce travail est beaucoup trop long pour que nous puissions le produire dans ce moment ; si nous le produisions, l'exposé des considérations accessoires dépasserait infiniment la dimension de celui des idées principales ; nous nous bornerons à vous présenter le résumé de ce travail. Ce résumé vous prouvera que les hommes les plus capables préparent, depuis long-temps, l'établissement du système industriel.

Le célèbre Bacon a prédit l'établissement d'un ordre de choses dans lequel tous les raisonnemens auraient pour base des faits observés ; ainsi il a prédit l'établissement politique du système industriel, car ce système est le seul dans lequel les intérêts publics soient considérés sous leur rapport positif.

Montesquieu a préparé l'établissement du système industriel en faisant remarquer que le commerce adoucissait les mœurs, et en incitant très-fortement la royauté à prendre le caractère industriel.

Condorcet a indiqué, dans son esquisse d'un tableau historique des progrès de l'esprit humain, la manière dont il fallait s'y prendre pour démontrer que les progrès de la civilisation avaient toujours tendu vers l'établissement du système industriel : il a très-mal exécuté ce plan; mais son invention n'en a pas moins été un grand acheminement vers l'établissement du système industriel. Son ouvrage, que nous avons refait, et que nous publierons incessamment, en fournira une preuve incontestable.

M. Comte, auteur du *Censeur européen*, a établi, dans le premier article de cet ouvrage, que les peuples de l'antiquité s'étaient organisés pour la guerre, et que c'était la meilleure organisation qu'ils pouvaient se donner dans l'état des lumières et des passions où ils se trouvaient. Il a prouvé ensuite que les peuples actuels devaient s'organiser pour la paix et pour la production, parce que cela correspondait à leurs désirs les plus généraux, et à leurs capacités les plus positives.

M. Benjamin Constant a prouvé que la Chambre des communes en Angleterre, ainsi que la Chambre des députés en France, n'était point investi de pouvoirs suffisants pour faire un bon budget, ou plutôt pour empêcher les ministères d'Angleterre et de France de faire passer dans les Chambres des budgets contraires aux véritables intérêts nationaux.

M. Courrier, qui a donné au système représentatif le nom de système *récréatif*, a très-bien démontré, quoiqu'il n'ait employé que des plaisanteries dans sa démonstration, que le système représentatif n'était point proportionné à l'état de nos lumières, et il a très-bien fait sentir qu'il était nécessaire de le fortifier par une grande mesure plus favorable aux industriels.

M. Alexandre de la Borde a très-bien établi, dans son ouvrage ayant pour titre : *Esprit d'association*, que l'esprit des industriels était celui qui devait devenir dominant en politique.

M. Fiévé a fait remarquer avec grande raison qu'il se trouvait de l'argent au fond de toutes les affaires, et que par conséquent les intérêts industriels se trouvaient jouer un rôle prépondérant dans toutes les circonstances politiques.

Enfin M. Dunoyer, dont nous venons d'examiner les idées, a, comme nous l'avons dit, prouvé que la nation devait manifester elle-même son opinion. Or, il est évident qu'à l'instant où elle prendra ce grand parti, qui est le seul bon, elle suppliera le Roi d'établir le régime industriel, en chargeant les principaux personnages de la classe essentiellement laborieuse, du soin de faire le projet de budget.

Nous concluons de ce résumé que la conception du système industriel a été formée par Bacon, Montesquieu, Condorcet, Comte, Benjamin Constant, Courrier, De la Borde, Fiévé, Dunoyer, et une multitude d'autres auteurs, dont nous n'avons pas cru devoir parler dans ce résumé.

Les écrivains dans la direction rétrograde, tels que MM. de Maistre, Bonald, la Mennais, etc., ont aussi beaucoup contribué à faciliter la production et l'établissement du système industriel.

Leurs travaux se partagent en deux parties bien distinctes. Dans la première, ils établissent, d'une manière éloquente et rigoureuse, la nécessité de donner pour base à la réorganisation de l'Europe une conception systématique; ils font voir très-clairement que les plans politiques, produits jusqu'à ce jour par la sainte-alliance, par les gouvernemens de France, d'Angleterre, de Russie, de Prusse et d'Autriche, ne sont que des conceptions mesquines, que des vues étroites; et que la conduite collective et individuelle des grandes puissances, ne peut aucunement atteindre au grand but du rétablissement de la tranquillité en Europe. Ces écrivains ont démontré également que les opinions des libéraux et de tous les partis politiques qui ont existé jusqu'à ce jour, en opposition avec les plans généraux de la sainte-alliance et les plans particuliers des grandes puissances qui la composent, ne remplissent pas non plus la condition systématique essentiellement nécessaire pour l'établissement d'un ordre de choses calme et stable.

Or, la démonstration dont nous venons de parler a poussé directement les esprits vers la production et l'établissement du système industriel; puisqu'il est le seul qui puisse convenir à l'état de notre civilisation.

Dans la seconde partie de leurs travaux, ces écrivains ont entrepris de prouver que le seul système qui puisse convenir à l'Europe est celui qui y était mis en pratique avant la réforme de Luther; c'est-à-dire, que le moyen de rétablir en Europe la tranquillité consistait à y reconstituer le pouvoir théologique comme pouvoir suprême, et à réorganiser la féodalité chez toutes les nations qui composent la société européenne.

Cette seconde partie de leurs travaux qui est essentiellement vicieuse, n'a que de très-faibles inconvéniens, parce qu'elle ne peut leur procurer qu'un bien petit nombre de partisans, puisqu'elle choque le sens commun.

En effet, le sens commun répugne directement à l'idée de rétrogradation en civilisation, et, pour peu que le sens commun raisonne, il reconnaît que le véritable objet politique du pouvoir papal, comme pouvoir général et prépondérant, consistait à lier ensemble les nations européennes, pour s'opposer à l'envahissement général de leur territoire par les peuples asiatiques; ainsi que cela avoit eu lieu du temps des Sarrasins, et que l'établissement de la féodalité avait pour but de s'opposer aux guerres intestines. Le sens commun reconnaît que l'institution de la papauté et de la féodalité ne peuvent point satisfaire aujourd'hui les besoins de la société européenne, puisque sa supériorité militaire sur les peuples asiatiques est complètement établie, puisque la passion des combats est tout-à-fait éteinte chez elle; puisque sa passion dominante est aujourd'hui celle de prospérer par des travaux de production, et que, par conséquent, ses besoins politiques ne peuvent être satisfaits qu'au moyen de l'établissement du système industriel.

Nous avons divisé en deux parties le travail dont nous vous présentons dans ce moment le résumé.

D'une part, nous avons considéré les travaux théoriques, c'est-à-dire, les travaux des publicistes, et nous avons apprécié, de la manière que nous venons de dire, leur importance relativement à l'établissement du système industriel.

D'une autre part, nous avons examiné l'influence exercée par les praticiens, c'est-à-dire, par les ministres, en faveur de l'admission du système politique le plus convenable pour assurer la tranquilité du Roi, et la prospérité de la nation.

Le grand Sully, contemporain du chancelier Bacon, le grand Sully, ce digne ami du meilleur de nos Rois, de ce brave et bon Henri IV qui demandait franchement des conseils aux négocians de Rouen, relativement à la manière dont il devait administrer la fortune publique, est le premier ministre qui ait dirigé franchement la nation vers l'établissement du régime industriel.

Ce confident honorable du véritable père du peuple, de ce Roi qui avait son pourpoint percé au coude, de ce Roi que ses descendans auraient mieux fait d'imiter exactement que de le tant vanter; ce ministre qui au lieu d'épuiser le trésor royal pour ses dépenses personnelles, y versait cent mille écus du produit de la vente de ses bois, vivait à une époque où les nobles tenaient encore l'épée d'une main et la charrue de l'autre; ce fut lui qui conçut l'établissement d'une paix perpétuelle, projet dont on a fait depuis honneur à l'abbé de Saint-Pierre, projet impraticable sûrement tant que la classe essentiellement pacifique, qui est la classe industrielle, ne sera pas la classe prédominante, mais qui tendait évidemment et directement à placer les industriels au premier rang social.

Colbert a suivi les traces de Sully; il a fait

prendre un grand essor à toutes les branches de l'industrie; il a considérablement accru l'importance des industriels; il a, par conséquent, diminué celle des nobles, et, par ce moyen, il a facilité l'établissement du système industriel.

Turgot, Malesherbes et Necker ont avancé dans la direction donnée par le grand Sully.

Depuis la restauration, de grands pas ont été faits, par Decaze qui a élevé l'impôt des patentes au rang des impôts directs; enfin, par M. de Villèle qui vient de créer un conseil suprême de commerce, ce qui est clairement un hommage général rendu à la classe industrielle, dont quelques membres vont commencer à faire partie du gouvernement.

En nous résumant, nous disons : depuis trois cents ans, les hommes les plus capables et les mieux intentionnés, en politique pratique comme en politique théorique, ont préparé l'établissement du système industriel, et tout est mûr pour cet établissement. Le jour où les industriels manifesteront clairement et unanimement au Roi le désir de voir S. M. former une commission composée des principaux industriels et chargée du soin de faire le projet de budget, leur demande sera nécessairement accueillie favorablement.

DEUXIÈME APPENDICE

SUR LE LIBÉRALISME ET SUR L'INDUSTRIALISME.

Nous invitons tous les industriels qui sont zélés pour le bien public et qui connaissent les rapports existants entre les intérêts généraux de la société et ceux de l'industrie, à ne pas souffrir plus long-temps qu'on les désigne par le nom de *libéraux*, nous les invitons d'arborer un nouveau drapeau et d'inscrire sur leurs bannières la devise : *industrialisme.*

Nous adressons la même invitation à toutes les personnes, de quelque état et profession qu'elles soient, si elles sont profondément convaincues, comme nous, que le seul moyen d'établir un ordre de choses calme et stable consiste à charger de la haute administration de la fortune publique, ceux qui versent le plus d'argent dans le trésor public et qui en retirent le moins. Nous les invitons à se déclarer des *industrialistes.*

C'est principalement aux véritables royalistes que nous adressons cette invitation, c'est-à-dire, nous l'adressons spécialement à ceux qui désirent donner la prospérité nationale pour base à la tranquillité et au bonheur de la maison de Bourbon.

D. *Quel bien croyez-vous donc qui puisse résulter de ce changement de nom ? Quel avantage trouvez-vous à la substitution du mot* industrialisme *à celui de* libéralisme? *Quels sont donc les inconvéniens attachés au mot libéralisme, pour que vous regardiez comme une chose si importante de le faire abandonner.*

R. Vous nous adressez trop de questions à la fois ; quelle est celle à laquelle vous désirez que nous répondions d'abord.

D. *Dites-nous quels sont les inconvéniens attachés au mot* libéralisme *; quel bien il peut résulter de son abandon par le parti qui désire perfectionner l'organisation sociale en n'employant, pour atteindre à ce but, que des moyens loyaux, légaux et pacifiques.*

R. La désignation du *libéralisme* nous paraît avoir trois grands inconvéniens pour les hommes bien intentionnés qui marchent sous cette bannière.

D. *Quel est le premier de ces inconvéniens ?*

R. Le mot *libéralisme* désigne un ordre de sentimens ; il n'indique point une classe d'intérêt ; d'où il résulte que cette désignation est vague, et que par conséquent elle est vicieuse.

D. *Quel est le second de ces inconvéniens ?*

R. La plus grande partie de ceux qui se laissent désigner par le nom de *libéraux*, se compose d'hommes pacifiques, d'hommes qui sont animés du désir de terminer la révolution, en établissant, par des moyens loyaux, légaux et pacifiques, un ordre de choses calme et stable; un ordre de choses proportionné à l'état des lumières et de la civilisation. Mais les meneurs de ce parti sont des hommes qui ont conservé le caractère critique, c'est-à-dire, révolutionnaire du dix-huitième siècle. Tous les hommes qui ont joué un rôle dans la révolution, d'abord comme *patriotes*, ensuite comme *bonapartistes*, disent aujourd'hui qu'ils sont *libéraux ;* ainsi le parti réputé *libéral* se compose aujourd'hui de deux classes d'hommes dont les opinions sont différentes et même opposées. Les fondateurs de ce parti sont des hommes dont la direction principale consiste à renverser tous les gouvernemens qu'on pourrait établir pour se mettre à leur place; tandis que la très-grande majorité de ce même parti voudrait donner la plus grande stabilité et la plus grande force possible au gouvernement, pourvu qu'il prenne franchement la direction que réclament les intérêts nationaux.

La désignation de *libéralisme* ayant été choisie, adoptée et proclamée par les débris du parti *patriote* et du parti *bonapartiste*, cette désignation a de très-grands inconvéniens pour les hommes dont la tendance essentielle est celle de constituer un ordre de choses solide, par des moyens pacifiques.

Nous ne prétendons pas dire que les patriotes et les bonapartistes n'aient pas rendu des services à la société; leur énergie a été utile, car il a fallu démolir avant de pouvoir construire. Mais aujourd'hui l'esprit révolutionnaire qui les a animés est directement contraire au bien public; aujourd'hui une désignation qui n'indique point un esprit absolument contraire à l'esprit révolutionnaire ne peut pas convenir aux hommes éclairés et bien intentionnés.

D. *Quel est le troisième inconvénient attaché à la dénomination de* libéralisme?

R. Le parti qui s'est appelé *libéral* a été battu non-seulement en France, mais à Naples, mais en Espagne, mais en Angleterre; les membres de l'extrême gauche en France ne font pas plus belle figure que MM. Brougham et Robert Wilson en Angleterre. Les défaites multipliées des *libéraux* ont prouvé que les nations, de même que les gouvernemens, ne voulaient point adopter leurs opinions politiques : or, quand il a été démontré à des gens sensés qu'ils ont suivi une mauvaise route et choisi de mauvais guides, ils s'empressent de changer de direction.

Nous concluons des trois raisons que nous venons de vous donner, que les hommes pacifiques et dont l'opinion a pour tendance de constituer un ordre de choses calme et stable, doivent se hâter de proclamer qu'ils ne veulent plus être désignés par le nom de *libéraux*, et qu'ils doivent inscrire une nouvelle devise sur leur bannière.

D. *Ce que vous dites n'a-t-il pas déjà été fait? M. Ternaux n'a-t-il pas remédié à l'inconvénient dont vous parlez, en publiant sa profession de foi?*

R. Il existe en France trois dénominations de partis politiques : on appelle *ultra*, ceux qui veulent faire retrograder la civilisation, en rétablissant l'influence politique des nobles et des prêtres telle qu'elle était avant la révolution.

On appelle *ministériels*, ceux qui secondent les intentions des ministres, soit que leur conduite ait pour motif l'appât d'une récompense, ou la crainte de rentrer en révolution, ou les deux motifs à la fois.

On désigne par le nom de *libéraux*, ceux qui veulent forcer le gouvernement à changer de marche, soit qu'ils aient l'intention de culbuter le gouvernement pour se mettre à sa place, ou qu'ils aient la volonté prononcée de n'employer que des moyens loyaux, légaux et pacifiques pour atteindre à leur but.

Nous disons, et c'est le but de ce second appendice, 1°. que le moment où les deux classes qui composent le parti appelé *libéral* doivent se séparer, est arrivé; 2°. que les *libéraux* ayant la volonté de n'employer que des moyens pacifiques pour déterminer le ministère à marcher franchement dans la direction des intérêts nationaux, n'ont qu'un seul moyen de faire bande à part avec ceux qui ont conservé dans toute sa pureté la direction de *tire-toi de là que je m'y mette*, et que ce moyen consiste à adopter une nouvelle dénomination pour désigner ce parti.

Nous allons faire voir maintenant que la profession de foi de M. Ternaux n'atteint point au but d'établir la division entre les deux classes de libéraux, qui est évidemment celui qu'il s'est proposé. Nous critiquerons cette pièce avec d'autant plus de confiance et d'abandon, que nous sommes liés d'amitié avec son auteur, et que nous partageons toutes ses opinions et ses intentions politiques. Cet examen nous paraissant de la plus grande importance, nous croyons devoir mettre la pièce sous les yeux du lecteur, afin qu'il puisse la lire immédiatement avant de prendre connaissance de nos observations.

PROFESSION DE FOI POLITIQUE DE M. TERNAUX.

« Dans les temps ordinaires, il est du devoir » de tout citoyen qui se respecte, de mépriser la » calomnie et le calomniateur; mais il est des » momens où il est essentiel de ne pas laisser l'opi- » nion publique prendre la fausse direction que » certains folliculaires cherchent à lui donner en » employant, pour parvenir à ce but, des déno- » minations qui, dans le principe et dans leur » sens naturel, ne présentent rien que de res- » pectable; mais qui, dénaturées par l'esprit » de parti, offrent des idées diamétralement op- » posées. C'est ce qui est arrivé au mot *pa-* » *triote*, c'est ce que l'on provoque aujourd'hui » sur celui de *libéral*.

» Sans doute je m'honore de cette qualifica- » tion; mais pour prévenir toute équivoque à » cet égard, je déclare que je n'accepte et ne » veux conserver le titre de *libéral* que lorsque » ce mot est pris dans son acception véritable. » Pour moi, qui dit *libéral* dit un homme gé- » néreux dans ses sentimens comme dans ses ac- » tions; un homme qui ne veut pour les autres

» que ce qu'il désirerait pour lui-même, qui » craint Dieu et obéit aux loix.

» Oui, je suis *libéral* en ce sens, que je veux » la tolérance pour tous les cultes, et le main- » tien de la religion chrétienne, telle que l'établit » l'Evangile; que j'en respecte et chéris les mi- » nistres, lorsqu'ils ne s'occupent que du spiri- » tuel, que je les repousse lorsqu'ils veulent » usurper le pouvoir temporel.

» Je suis *libéral* en ce sens, que je veux la mo- » narchie constitutionnelle, c'est-à-dire, le trône » héréditaire de mâle en mâle dans l'auguste » famille des Bourbons, parce que je reconnais » que de cette stabilité dépendent notre repos et » le maintien de nos libertés.

» Je respecte et j'aime les royalistes qui, » comme nous, veulent la royauté pour l'utilité » et la nécessité dont elle est à l'ordre social; » qui, comme moi, s'en montrent les fidèles » appuis, en cherchant à faire respecter notre » pacte fondamental et les lois qui en dérivent.

» Je méprise et déteste les royalistes qui veu- » lent la royauté pour les places, les emplois, » les dignités, les faveurs qu'elle distribue.

» Je suis *libéral* à ce titre, que je veux la » Charte constitutionnelle telle que le Roi l'a » proclamée, telle qu'il l'a jurée, telle qu'il l'a

» confiée à notre fidélité, à notre courage, sans » changement ni altération quelconque.

» Je respecte et j'aime tous ceux qui, comme » moi, en veulent l'exécution dans son esprit » comme dans son texte, sans prétendre à plus » de liberté et sans en vouloir moins qu'elle n'en » donne, parce que je suis convaincu qu'avec » Elle et par Elle notre pays peut atteindre à » tous les genres de prospérité et à la somme » de bonheur dont il est susceptible.

» J'aime ceux qui l'expliquent sincèrement, » naïvement, avec candeur et bonne-foi, telle » qu'un honnête homme veut et doit l'entendre » dans la sincérité de son âme et la pureté de » son cœur.

» Je méprise et je déteste tous ceux qui, par » des subtilités, des interprétations fausses ou » forcées, cherchent à en détruire l'esprit, à en » violer le texte, à torturer les consciences, à » compromettre l'administration et l'autorité par » des abus de pouvoir; à confondre l'autorité » du Roi, déclaré inviolable comme impecca- » ble, avec celle des ministres agens responsa- » bles; tous ceux qui, dans quelque situation, » dans quelque rang qu'ils puissent se trouver, » même opposés, ne craignent pas de com- » promettre la tranquillité, le bonheur de leur » patrie, l'ordre social tout entier, en cherchant

» à renverser la royauté et la Charte pour obte-
» nir le pouvoir ou des richesses, supplanter des
» rivaux; tous ceux qui professent pour l'une et
» l'autre un respect hypocrite que leurs prin-
» cipes et leurs actions démentent : tous ceux
» enfin qui rêvent ou la république ou une au-
» tre dynastie, ou la résurrection des priviléges
» que la Charte leur a sagement refusés comme
» contraires à l'intérêt de tous.

» En un mot, je suis libéral en ce sens, que
» je voudrais forcer les ministres à gouverner
» dans l'intérêt national, et d'après les désirs du
» Roi, qui ne peuvent être que ceux de son peu-
» ple, et non dans celui d'une faction ou d'un
» parti.

» Comme il importe, dans les dissentions ci-
» viles, que les bons citoyens sachent se rallier,
» que la patrie et le trône connaissent leurs vrais
» amis, et que MM. les électeurs ne puissent
» avoir des doutes sur les principes de celui
» qu'ils veulent honorer de leurs suffrages, je
» vous prie de donner à ma lettre la publicité
» que vous croirez utile et convenable.

» Veuillez agréer, Monsieur, ma reconnais-
» sance et les sentimens distingués avec lesquels
» j'ai l'honneur d'être,

» Votre très-humble et très-obéissant serviteur,

» Signé G.-L. TERNAUX, l'aîné. »

Voici nos observations sur cette profession de foi :

1°. M. Ternaux accepte la dénomination de *libéral*, et il a tort; d'abord parce qu'elle est vague, ensuite parce que la conduite d'hommes qui se disent libéraux et qui sont désignés sous ce nom par les *ultra* et par les *ministériels*, l'ont décriée.

2°. La profession de foi de M. Ternaux a le même défaut que le mot *libéralisme*, elle ne produit qu'une opinion vague, elle parle de sentimens, elle ne désigne point des intérêts.

3°. Pour la formation d'un parti politique, plusieurs conditions doivent être remplies; il lui faut d'abord une *devise :* cette devise doit être la plus courte possible, on doit la réduire à un seul mot. Il lui faut ensuite un ouvrage qui développe l'opinion du parti, il lui faut enfin un journal quotidien qui fasse, à toutes les circonstances politiques qui se présentent, application des principes adoptés par le parti. Le développement de l'opinion du parti *libéral* a été fait par des gens de beaucoup d'esprit, dans la *Minerve;* les applications des principes de ce parti sont faites journellement par le Constitutionnel, et la profession de foi de M. Ternaux ne peut pas remédier au mal fait par la *Minerve* et par le *Constitutionnel* qui ont constamment fait leurs efforts pour fixer l'attention des Français sur une époque à laquelle ils se trouvaient dans une fausse direction politique, ainsi que M. Benjamin Constant l'a très-bien prouvé dans son excellent ouvrage sur l'*Esprit des conquêtes*.

En un mot, la profession de foi de M. Ternaux ne peut point contribuer à la fondation du parti politique qu'il désirait former; car cette profession de foi a trop d'étendue pour être employée comme *devise*, et n'en a point assez pour donner un caractère suffisamment développé à son opinion.

Nous nous bornerons, pour le moment, à indiquer deux autres observations que nous développerons plus tard dans le cours de nos travaux.

Nous pensons, comme M. Ternaux, que la Charte doit être respectée et suivie très-exactement. Mais nous lui ferons observer qu'il est aujourd'hui prouvé par l'expérience, que cette mesure n'était pas suffisante pour terminer la révolution, puisque l'esprit de faction continue d'être en grande activité quoique la Charte nous ait été donnée depuis plusieurs années, et nous concluons de ce fait incontestable que les bons citoyens doivent chercher à découvrir qu'elle serait la mesure politique qui pourrait rétablir le calme et la confiance dans le gouvernement.

Nous pensons, comme M. Ternaux, que la religion chrétienne est le meilleur code de morale qui existe ; mais nous croyons que ce code a besoin d'être complété. Il a été donné aux hommes à une époque où l'esclavage était encore généralement établi, d'où il résultait que le pouvoir temporel ne pouvait point être soumis à des principes de morale fixes et positifs. Mais aujourd'hui que l'esclavage est complètement anéanti en France, aujourd'hui que la classe industrielle est devenue dominante, il est possible et même facile de compléter les travaux des évangélistes, et c'est le seul moyen de mettre un frein aux prétentions politiques du clergé.

Enfin, M. Ternaux étant manufacturier, sa profession de foi a le plus grand inconvénient sous ce rapport, qu'elle n'est point populaire; c'est-à-dire, qu'elle ne peut point être comprise par les ouvriers.

La tranquillité publique ne sera point solidement établie tant qu'on ne donnera pas pour base à la société, une morale positive ; les chefs des travaux industriels sont les protecteurs nés de la classe ouvrière : tant que les manufacturiers feront bande à part avec les ouvriers, tant qu'ils ne tiendront pas en politique un langage qui pourra être entendu par eux, l'opinion de cette classe très-nombreuse et encore très-ignorante, ne se trouvant point guidée par ses chefs naturels, elle pourra toujours se laisser séduire par les intrigans qui voudront faire des révolutions pour s'emparer du pouvoir.

Si les ouvriers brisent les métiers en Angleterre c'est parce que les manufacturiers comptent sur la force armée pour les contenir, et qu'ils ne s'occupent point assez de donner pour frein à leurs passions violentes la connaissance de leurs véritables intérêts; c'est par suite de l'ignorance dans laquelle ils les laissent, relativement à leurs intérêts politiques et privés, que les radicaux ont trouvé le moyen de les faire entrer en insurrection, et qu'on a été obligé de les massacrer à Manchester.

La France, ainsi que nous l'avons dit dans ce cahier, est destinée à entrer franchement dans le régime industriel avant l'Angleterre, parce que les chefs des travaux industriels feront corps, en opinion politique, avec les ouvriers, avant que les industriels importants en Angleterre aient cessé de former avec les lords une ligue tendant à retenir les ouvriers dans la subordination, plutôt par la force que par les principes d'une morale positive.

D. *Les observations que vous venez de nous présenter nous font sentir toute l'importance du projet d'association entre les publicistes et les chefs des travaux industriels. En y réfléchissant, nous reconnaissons que la combinaison des forces des théoriciens avec celles des praticiens, en politique, est nécessaire pour déterminer le grand mouvement moral qui doit conduire la société à un état de tranquillité inébranlable.*

Certainement les industriels les plus importants sont les hommes les plus capables de bien administrer la fortune publique ; mais il est également vrai de dire que les publicistes sont les seuls qui puissent, par leurs travaux, déterminer le Roi et la Nation à leur confier la direction des intérêts pécuniaires de la société.

Et nous concluons de ce que nous venons de dire, que vous devez faire tous vos efforts pour déterminer la formation de cette association.

R. Nous désirons d'autant plus vivement la prompte formation de cette association, qu'une circonstance, qui nous est personnelle, nous rend à cet égard le temps extrêmement précieux.

Nous sommes vieux, toute notre vie a été employée à former la combinaison du système que nous présentons aujourd'hui. Cette association nous procurerait les collaborateurs dont nous avons besoin pour développer notre système avec rapidité ; et le développement de ce système étant dirigé par l'inventeur, serait poussé dans les esprits avec une vigueur qui ne peut exister que dans l'individu inventeur ; vigueur, comme nous le disons, qui ne peut point être transmise par lui à ses élèves.

Vous voyez que nous avons les plus fortes raisons pour désirer la plus prompte admission possible de l'association des capacités industrielles et scientifiques ; mais nous ne nous connaissons aucun autre moyen de la déterminer, que celui de publier à cet égard nos idées, en évitant, avec le plus grand soin, que les factieux puissent les employer à troubler l'ordre public, et à causer aucune inquiétude au Roi et à la Famille royale.

D. *Continuez à produire votre système ; rendez vos publications les plus fréquentes que vous pourrez : l'association, que nous désirons ainsi que vous, se formera peut-être plus tôt que vous ne pensez.*

Revenons maintenant à la question qui nous occupe dans ce second appendice. Vous nous avez prouvé que la dénomination de libéral *ne pouvait point convenir aux personnes qui sont décidées à n'employer que des moyens loyaux, légaux et pacifiques, pour déterminer le gouvernement à marcher franchement dans la direction des intérêts de la majorité de la nation, c'est-à-dire, dans la direction des intérêts de la classe industrielle; vous avez maintenant à nous dire quelle est la dénomination que ces hommes doivent adopter pour former un parti politique qui soit bien distinct de tous ceux qui ont existé depuis 1789 jusqu'à ce jour.*

R. La dénomination d'*industrialisme* pour l'opinion de ce nouveau parti politique, et celle d'*industrialiste* pour les personnes qui s'attacheront à ce parti, nous paraissent les meilleures.

D. *Quels sont les avantages de ces dénominations?*

R. Trois avantages très-grands et bien distincts nous paraissent attachés à la dénomination *d'industrialisme.*

D. *Quel est le premier de ces avantages?*

R. La dénomination *d'industrialisme* fixe l'attention sur des intérêts, et elle est par conséquent très-préférable à celle de *libéralisme*, ou à toute désignation qui n'indique que des sentimens; car les intérêts sont beaucoup moins variables que des sentimens.

Par exemple, aujourd'hui un homme né noble ne peut-être vraiment *libéral*, que dans le cas où il travaille franchement à faire abolir tous les avantages dont la noblesse jouit encore sous le rapport de la considération, du pouvoir, ou de la facilité à obtenir des places ; or, l'expérience nous a prouvé qu'un très-petit nombre de nobles avait la ténacité suffisante pour réussir dans une pareille entreprise. L'expérience nous a prouvé, qu'il était en général très-facile au ministère de faire passer les nobles réputés *libéraux*, dans la direction ministérielle; la vérité est que le nombre des nobles réputés *libéraux* est très-grand, et que celui des nobles vraiment *libéraux* est extrêmement petit. Dans la nouvelle noblesse tout entière il ne peut pas s'en trouver un seul; car il est évident que tout homme qui a consenti à laisser créer un privilége politique en faveur de sa personne et de ses descendans est un *anti-libéral*.

D. *Quel est le second avantage attaché à la dénomination d'*industrialiste ?

R. La classe industrielle est la plus nombreuse : ainsi toute personne qui se déclare *industrialiste* fait, en un seul mot, la profession de foi qu'il est dans l'intention de soutenir les intérêts de la majorité de la nation, contre tous les intérêts particuliers.

D. *Dites-nous enfin qu'elle est votre troisième raison pour engager les personnes qui ne veulent employer que des moyens loyaux, légaux et pacifiques, à quitter la dénomination de* libéraux, *pour prendre celle d'*industrialistes?

R. Nous avons établi dans ce cahier :

D'abord, que les premiers hommes ayant été très-ignorants, et soumis à des passions violentes, la loi du plus fort avait dû servir de base aux premières organisations sociales, et que les nations avaient dû vivre sous le régime militaire pur, et enfin féodal, pendant bien des siècles; les pouvoirs arbitraires concentrés dans un petit nombre de mains, étant un mal beaucoup moins grand que l'anarchie.

Nous avons établi ensuite, que l'espèce humaine avait été destinée à s'éclairer, à s'adoucir par le commerce, à prendre le goût du travail et de la production, et à donner alors pour base à son organisation l'intérêt commun.

Enfin nous avons fait sentir que la transition du premier au second système politique, avait dû occasionner une crise longue et violente.

Nous ajoutons maintenant à ces idées que la crise de transition a été commencée par les prédications de Luther, et que notre catéchisme des industriels a pour objet direct de la terminer.

J'ajoute que depuis Luther jusqu'à ce jour, la direction des esprits a dû être essentiellement critique et révolutionnaire, parce qu'il s'agissait de renverser le gouvernement féodal avant de pouvoir travailler à l'établissement de l'organisation sociale industrielle; mais qu'aujourd'hui, la classe industrielle étant devenue la plus forte, l'esprit critique et révolutionnaire doit s'éteindre et être remplacé par la tendance pacifique et organisatrice.

C'est pour signaler la formation du parti pacifique et organisateur que nous invitons les personnes qui désirent constituer un ordre de choses calme et stable, à prendre la dénomination d'*industrialistes*, parce que cette dénomination indique en même temps le but et le moyens : le but, celui de donner pour base à l'organisation sociale l'intérêt de la majorité; le moyen, en confiant aux industriels les plus importants l'administration de la fortune publique.

D. *Nous regrettons beaucoup que la dénomination de* patriote *ait été dégradée et complètement avilie par le* sans-culotisme; *car cette dénomination indiquait un intérêt commun à tous les membres de la nation : l'intérêt national; et, par ce moyen, ce n'était pas seulement une classe de la societé, mais c'étaient toutes les classes qui étaient indistinctement appelées à former ce parti.*

R. La dénomination de *patriotisme*, même

dans le cas où elle n'aurait pas été salie par le *sans-culotisme*, ne vaudrait pas celle d'*industrialisme*. Voilà notre opinion, nous allons la motiver.

Analysons d'abord l'idée de *patriotisme*, nous trouverons ce qui suit : Un *patriote* est un homme dont tous les sentimens sont dominés par son affection pour la société nationale dont il est membre ; c'est un homme toujours prêt à sacrifier toute sa fortune et tout son crédit aux intérêts de sa nation. Brutus immolant son fils, et sacrifiant ainsi son sentiment paternel à son affection pour les Romains, a été un vrai modèle de *patriotisme*.

Nous vous prions maintenant de nous dire si, dans l'état présent des lumières et de la civilisation, les hommes peuvent être, s'ils doivent être *patriotes?*

Nous sommes convaincus qu'après y avoir réfléchi, vous reconnaîtrez que les sentimens philantropiques, que ceux d'*européanisme*, que les sentimens de famille enfin dominent aujourd'hui, chez tous les Européens, les sentimens nationaux qu'ils éprouvent. Vous reconnaîtrez que ce que nous venons de dire est vrai, même pour les Anglais.

Le meilleur code de morale sentimentale que nous possédions est celui de la morale chrétienne. Or, dans ce code, il est beaucoup parlé des devoirs réciproques des membres d'une même famille; ce code prescrit à tous les hommes de se regarder comme frères, mais il ne pousse point les hommes à subalterniser leurs sentimens philantropiques et leurs affections de famille au *patriotisme.*

D. *L'examen dont nous nous occupons dans ce moment élève notre esprit à une considération très-générale et très-importante. La voici :*

Le code de la morale chrétienne a lié tous les hommes par leurs sentimens, mais il n'a point traité la question des intérêts; il s'agit maintenant, pour hâter les progrès de la civilisation, de faire sentir à tous les hommes qu'ils ont des intérêts communs, de leur faire sentir par exemple qu'il résulte un grand bien pour toute l'espèce humaine des progrès de l'industrie et de l'importance politique acquise par la classe industrielle sur quelque point du globe que ces événemens se passent.

*En conséquence de ce que nous venons de vous dire, nous reconnaissons que la dénomination d'*industrialisme *pour le parti des hommes éclairés et bien intentionnés, vaut mieux qu'aucune de celles qui ont été adop-*

tées jusqu'à ce jour, parce qu'elle ne tend point à troubler la coordination naturelle des sentimens et des intérêts des hommes à l'égard de l'espèce entière, à l'égard des cohabitans de la même partie du monde, à l'égard de leurs compatriotes nationaux et à l'égard de leurs parens et amis.

*En résumé, nous adoptons la dénomination d'*industrialisme *et nous nous déclarerons des* industrialistes.

R. La classe industrielle jouira de deux avantages très-importants, quand elle sera formée en parti politique, et qu'elle aura donné à son parti la dénomination d'*industrialisme*.

Par ce moyen elle se trouvera d'accord, jusqu'à un certain point, avec les trois partis existants. Les dernières feuilles de la *Quotidienne*, du *Journal des Débats* et du *Constitutionnel*, parlent de l'utilité des travaux industriels avec une chaleur presque égale, et il n'existera que cette légère différence entre les écrits des *industrialistes* et ceux des *ultra*, des *ministériels* et des *libéraux*, c'est que les *industrialistes* diront que les industriels les plus importants sont les hommes les plus capables de bien diriger les affaires générales de l'industrie; tandis que les *libéraux*, les *ministériels* et les *ultra* continueront à prétendre, chacun de son côté, que ce sont eux qui doivent diriger les opérations générales de l'industrie, et qu'ils doivent être payés très-chèrement pour les soins qu'ils donneront à leur travail.

L'autre avantage qui résultera pour les industriels français de leur formation en parti politique, avec dénomination d'*industrialistes*, c'est qu'ils se feront des partisans au dehors, c'est qu'ils créeront sur le Continent et même en Angleterre, une force politique imposante et qui s'emploiera nécessairement à les soutenir; car tous les industriels du globe désirent nécessairement cesser le plus promptement possible de voir le produit de leurs travaux devenir plus ou moins chez toutes les nations la proie des consommateurs non-producteurs.

www.ingramcontent.com/pod-product-compliance
Ingram Content Group UK Ltd.
Pitfield, Milton Keynes, MK11 3LW, UK
UKHW022114190726
13855UKWH00002B/858

9 782013 031615